KB117502

마지의 감정사전

오늘은 어떤 마음인가요?

우리가 살면서 마주하는 수많은 감정에 대한 일러스트 북

모린 마지 웰슨 지음 | 박성진 옮김

Qrious

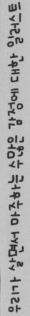

THE LITTLE BOOK OF BIG FEELINGS

Copyright © 2019 by Maureen Marzi Wilson
Published by arrangement with Adams Media, an imprint of Simon & Schuster, Inc.,
1230 Avenue of the Americas, New York, NY 10020, USA.
All rights reserved.
Korean Translation Copyright © 2020 by NEXUS Co., Ltd
Korean edition is published by arrangement with Simon & Schuster, Inc.
through Imprima Korea Agency

이 책의 한국어판 저작권은 Imprima Korea Agency를 통해 Simon & Schuster, Inc.와의 독점계약으로
㈜넥서스에 있습니다. 저작권법에 의해 한국 내에서 보호를 받는 저작물이므로 무단 전재 및 무단 복제를 금합니다.

마지의 감정사전: 오늘은 어떤 마음인가요?

지은이 모린 마지 윌슨
옮긴이 박성진
펴낸이 임상진
펴낸곳 (주)넥서스

초판 1쇄 발행 2020년 6월 25일
초판 2쇄 발행 2020년 6월 30일

출판신고 1992년 4월 3일 제311-2002-2호
10880 경기도 파주시 지목로 5 (신촌동)
Tel (02)330-5500 Fax (02)330-5555

ISBN 979-11-6165-639-7 03840

출판사의 허락 없이 내용의 일부를
인용하거나 발췌하는 것을 금합니다.

가격은 뒤표지에 있습니다.
잘못 만들어진 책은 구입처에서 바꾸어 드립니다.

이 도서의 국립중앙도서관 출판예정도서목록(CIP)은 서지정보유통지원시스템 홈페이지
(http://seoji.nl.go.kr)와 국가자료공동목록시스템(http://www.nl.go.kr/kolisnet)
에서 이용하실 수 있습니다. (CIP제어번호 : CIP2020023015)

www.nexusbook.com

아빠에게
항상 지켜줘서 고마워요~

차 례

이 책에 대하여

이런 인사를 받으면, 저를 포함한 대부분의 사람들은 "네, 잘 지내요" 하고 말해야만 정답이라고 생각하죠. 하지만 우리는 진짜로,

잘 지내고 있나요?

어쩌면 당신은 압박감에 시달리고 있거나, 분노로 가득하거나, 아니면 슬픔에 잠겨 있을 수도 있어요. 하지만 "잘 지내요"라고 답할 수 없는 상황이라는 것을 스스로 인정하는 것은 너무 민망하고 부끄럽죠.

저는 남에게 드러내서는 안 되는, '나쁜' 감정이라는 것은 없다고 생각해요. 감정은 지금 내가 겪고 있는 일이 나에게 어떤 의미인지 알려주는 역할을 하거든요. 우리가 일상에서 느끼게 되는 수많은 감정들을 무시해버리지 않고 반대로 그것에 집중한다면, 어떤 일이 벌어질까요? 예를 들면 "네, 잘 지내요" 하며 스스로를 속이는 일을 멈춘다면 말이죠. 내가 느끼는 지금의 이 감정은 '나에게 보내는 신호'입니다. 이 신호에 집중해보세요.

기쁨, 슬픔, 희망, 분노 - 이러한 감정들은 자연스럽고 정상이에요. 감정적이지 않은, 어른인 척하면서 억누르지 마세요. 이 책에서는 인간의 감정이 가진 다양함과 그 아름다움을 **칭찬하고** **긍정하는** 연습을 해볼 거예요.
자, 그럼 시작!

CHAPTER 1

오늘 나는 호기심으로 가득해

나는 평소에 호기심을 많이 느끼는 편이다. 내 생각에, 무언가에 호기심을 품고 있는 것이 내 기본 상태인 것 같다. 나에게 있어 호기심이란 사실을 알아내는 행위만을 뜻하지 않는다. 내 호기심은 판타지나 상상력과도 연결되니까 말이다. 창작의 원동력은 호기심이 아닌가!

나는 "왜 그럴까" 상상하고 가능성을 추측해보는 것을 좋아한다. 나는 항상, 언제나, 늘 마음속에 질문들을 품고 있지! 하지만 내가 이렇게 호기심이 많은 것과는 별개로, 남에게 호기심을 표현할 때는 주의해야 한다는 것도 잊어서는 안 된다. 예전에 친구와 대화하다가 친구의 종교에 대해 물은 적이 있는데, 알고 보니 굉장히 무례한 질문이었거든.

아, 물론 내가 가졌던 의문은 일반적인 궁금증 수준이기는 했지만 어쨌든 내가 잘 모르고 물어봤던 것은 사실이고, 그런 질문을 받는 입장에서는 공격적으로 느껴지기 때문이지.

나는 친구에게 사과를 한 다음, 즉시 아래와 같은 행동들을 했다.

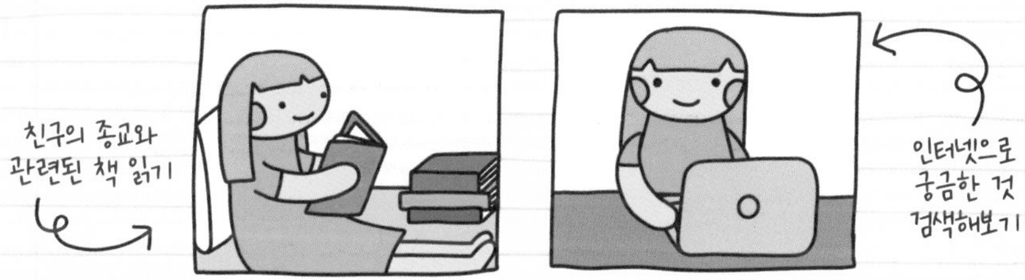

나는 호기심을 내가 가진 지식을 넓히는 도구로 삼았고, 그 결과 다음부터는 좀 더 사려 깊게 소통할 수 있게 되었어.

이 경험을 통해서 나는 호기심은 분명 좋은 것이지만, 남들에게 내 호기심을 채워줄 것을 요구해서는 안 된다는 교훈을 얻었지. 어지간한 호기심은 스스로 찾아보고 공부할 수 있다는 것도!

호기심으로 잠 못 드는 밤

대부분의 경우,
나는 호기심을 느끼는 내 자신을 좋아해...

시민이 체포될 때는 절차가 어떻게 되지?
사람들이 제일 많이 하는 거짓말은 뭘까?
역대 대통령들이 키웠던 강아지 중 누가 제일 유명하지?
뱀에게 물려 죽은 사람 수와 거미에게 물려 죽은 사람 수 중 어느 쪽이 더 많을까?
디카페인 커피는 도대체 어떤 원리로 카페인을 제거한 거지?
새우도 고통을 느낄까?
제일 잘 팔리는 매니큐어 색깔은 어떤 걸까?
하지만 스위치처럼 호기심을 껐다 켰다 할 수 있다면 얼마나 좋을까!

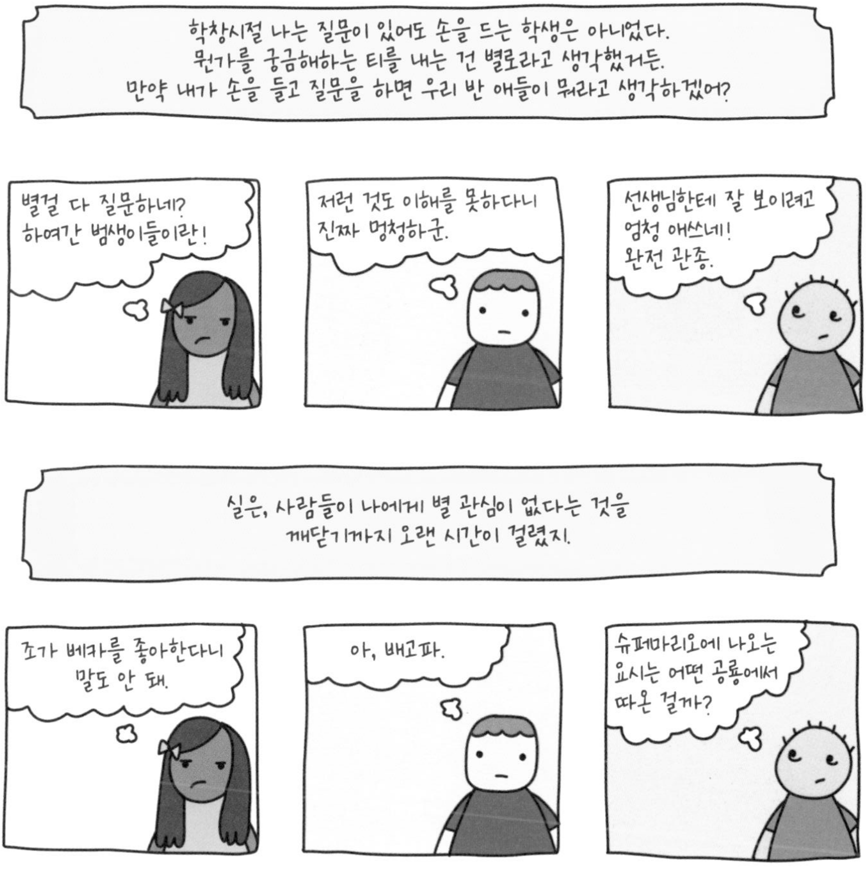
학창시절 나는 질문이 있어도 손을 드는 학생은 아니었다.
뭔가를 궁금해하는 티를 내는 건 별로라고 생각했거든.
만약 내가 손을 들고 질문을 하면 우리 반 애들이 뭐라고 생각하겠어?
별걸 다 질문하네? 하여간 범생이들이란!
저런 것도 이해를 못하다니 진짜 멍청하군.
선생님한테 잘 보이려고 엄청 애쓰네! 완전 관종.
실은, 사람들이 나에게 별 관심이 없다는 것을
깨닫기까지 오랜 시간이 걸렸지.
조가 베카를 좋아한다니 말도 안 돼.
아, 배고파.
슈퍼마리오에 나오는 요시는 어떤 공룡에서 따온 걸까?

풀리지 않는 미스터리

월급이 어디로 다 사라졌지?
요정들이 훔쳐갔나?
난 왜 '항상' 옷을 이상하게 입을까?
수영장 파티라고 해서 준비했는데...?
식당에는 왜 어린이용 공간만 있고 어른용 놀이공간은 없을까?
오늘 회의 주제는 여러 아이디어를 토대로...
도대체 이건 어디에서 살 수 있는 거지?
생 블루 라즈베리

왜 이름을 이렇게 짓지 않았는지 궁금해

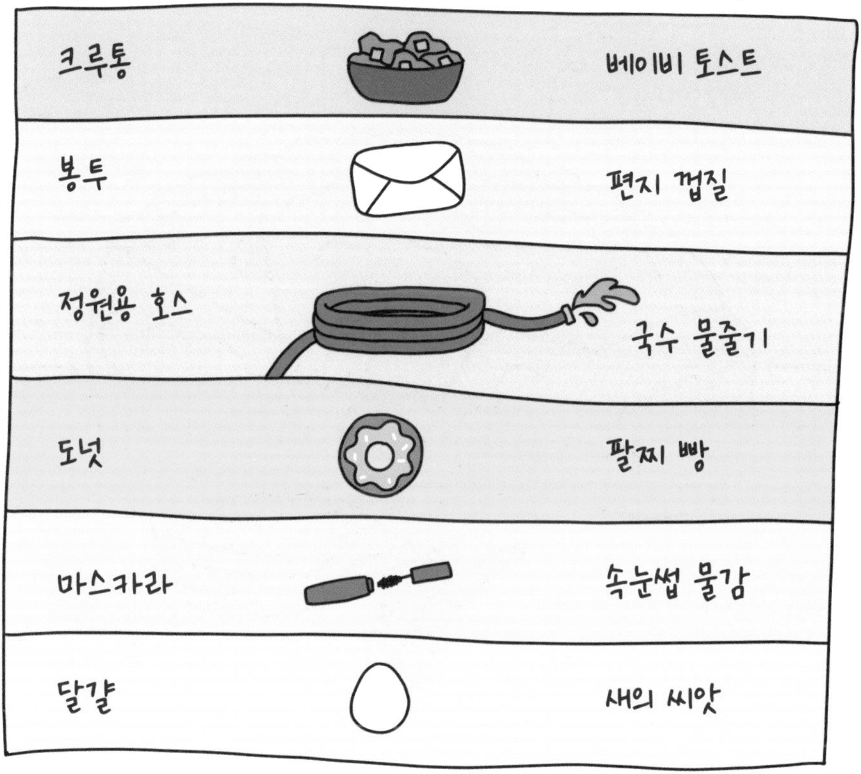

과학적으로 분석한 내 두뇌의 다이어그램

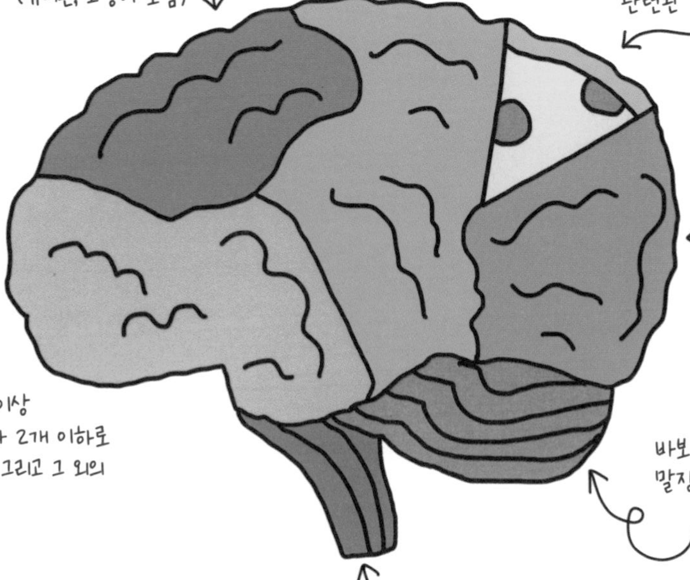

이런 건 왜 없는지 궁금해...

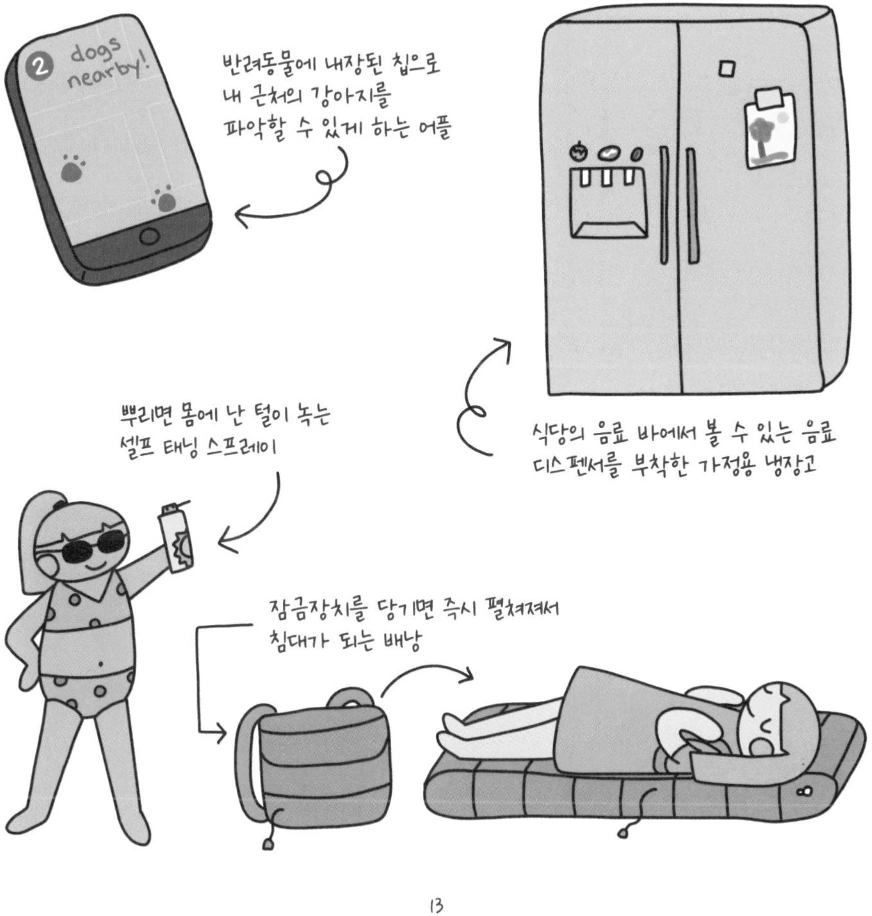
2 dogs nearby!
반려동물에 내장된 칩으로
내 근처의 강아지를
파악할 수 있게 하는 어플
식당의 음료 바에서 볼 수 있는 음료
디스펜서를 부착한 가정용 냉장고
뿌리면 몸에 난 털이 녹는
셀프 태닝 스프레이
잠금장치를 당기면 즉시 펼쳐져서
침대가 되는 배낭

신비

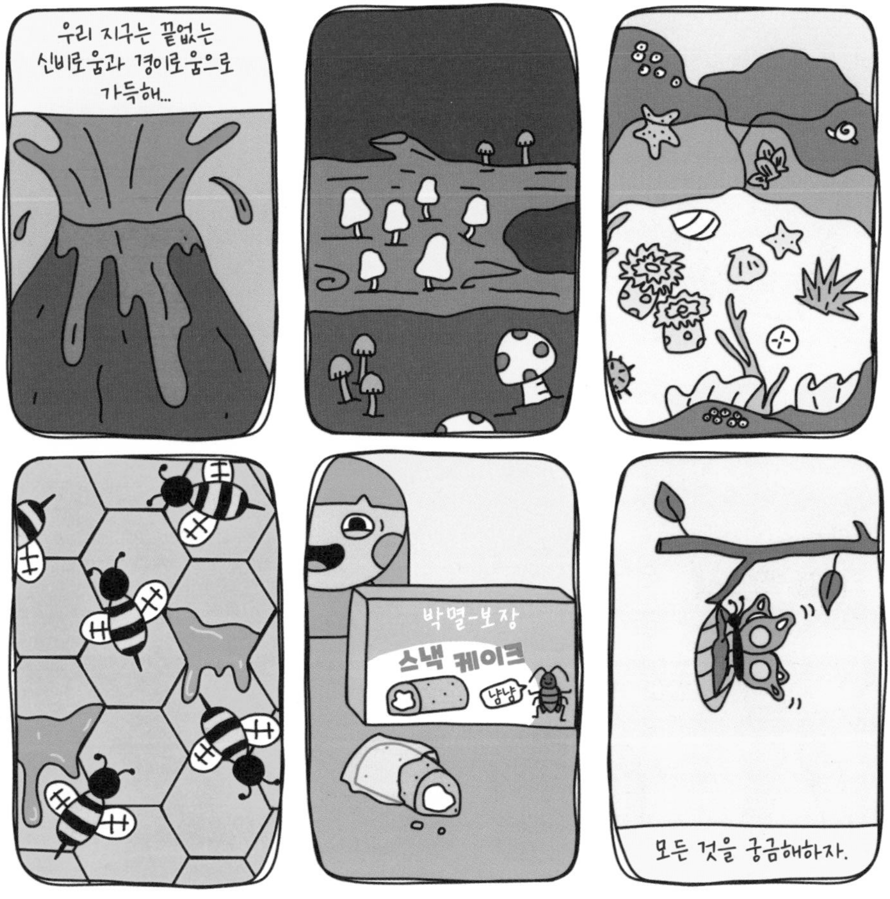

이번 달에
내가 조사해본 것

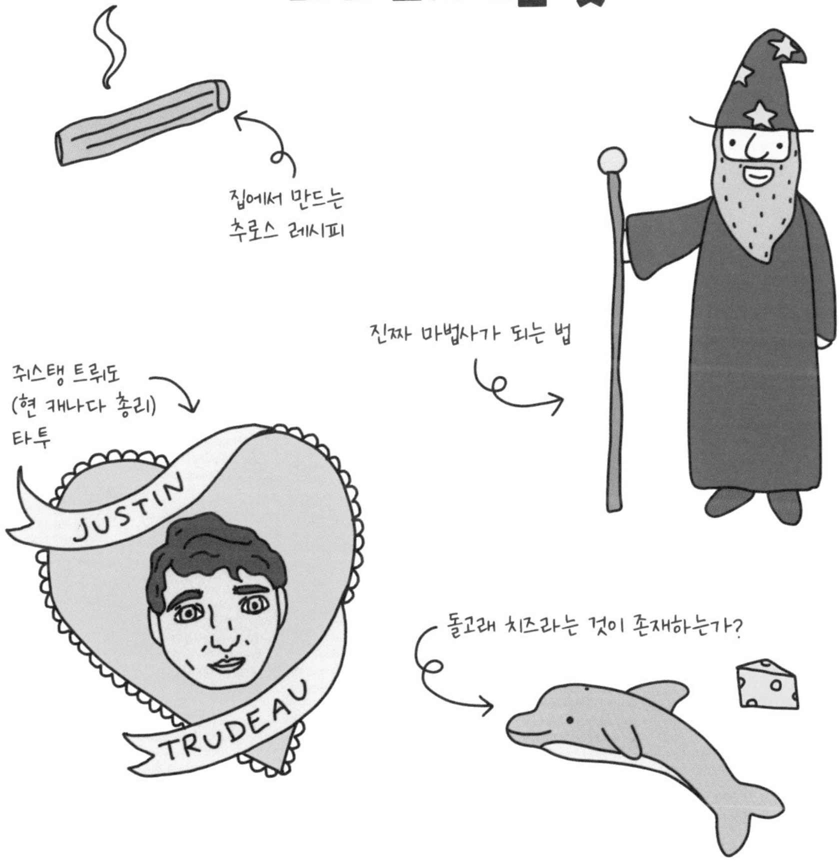

집중

질문은 더 많은 질문으로 나를 이끈다.

나의 배움에는 끝이 없을 것이다.
그 사실이 꽤 괜찮다.

CHAPTER 2

오늘 나는 너무 짜증나

아아아악! 짜증날 때가 엄청 많다. 복잡한 사무실에서 일하는 게 불편하고, 사람이 많은 모임에 가면 기분이 좋지 않다. 마트에서 눈이 부신 조명 아래에서 긴 줄을 서 있다 보면 녹초가 되어버리고 말이야. 그런데 대체 이런 일들은 '왜' 나를 이토록 짜증나게 할까?

내향적인 사람들(나처럼!)은 기본적으로 외부자극을 더 예민하게 받아들이는 경향이 있는 것 같다. 불빛이나 소음, 사람이 많은 곳에서 발생하는 어쩔 수 없는 접촉 등등 이런 것들은 나를 심하게 자극하고 몸을 지치게 하며 내 컨디션을 몹시 예민하게 만든다.

이런 상황을 좀 더 매끄럽게 하는 나만의 방법은 외부의 불편한 자극들을 향한 내 신경을 나의 내부로 돌려서 짜증 그 자체에 집중해보는 것이다. 그리고 나는, 내가 느끼는 짜증은 내 머리가 나에게 보내는 신호라는 것을 깨달았지. 내 몸이 조용함, 한적함을 필요로 한다는 것, 혹은 짧은 낮잠을 원하고 있다는 신호 말이야!

나의 규칙

마지~
규칙 1 노크하지 않았어.
규칙 2 허락도 받지 않고 들어왔어.
규칙 3 한참 독서 중인데 말을 걸었어.
규칙 4 문을 닫지 않고 가버렸잖아!

오늘 나는 떠나고 싶었어

내가 가고 싶었던 장소들
리스본
파리
카리브해
로마

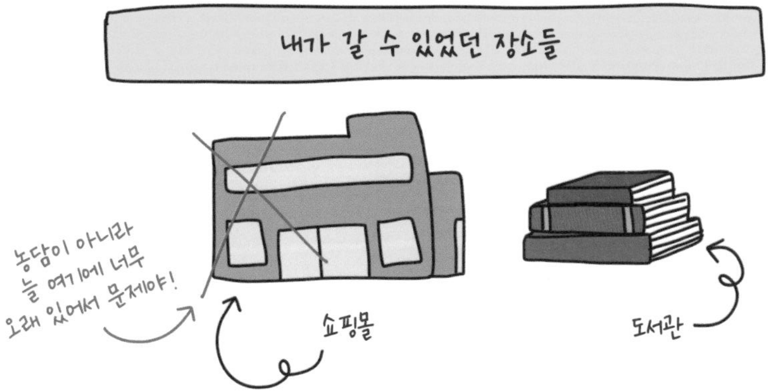
내가 갈 수 있었던 장소들
농담이 아니라
늘 여기에 너무
오래 있어서 문제야!
쇼핑몰
도서관

다음 달에
페루로 배낭여행을
갈 거야.
우와, 멋지다!
내 친구도 작년에
거기에 다녀왔대.
네 랜선 친구 말이야?
아니면 '진짜' 친구?
랜선 친구도 '진짜' 친구라고!

나를 짜증나게 하는 사소한 것들

화장실에 휴지가
이렇게 걸려 있을 때

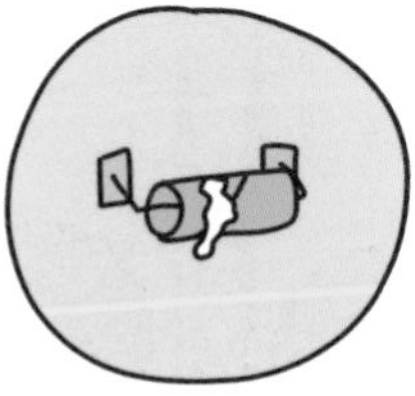

혹은 이렇게 되어 있을 때

가게에서 점원이
나를 따라다닐 때

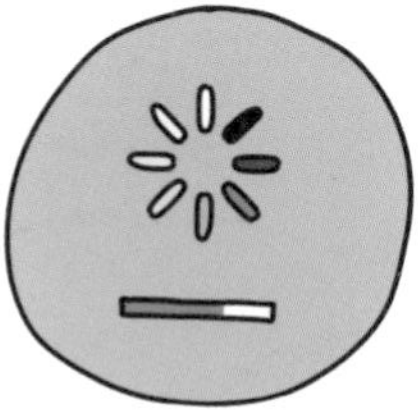

버퍼링 걸린 순간

은식기를 긁는 소리

가위가 없으면
뜯지 못하는 포장

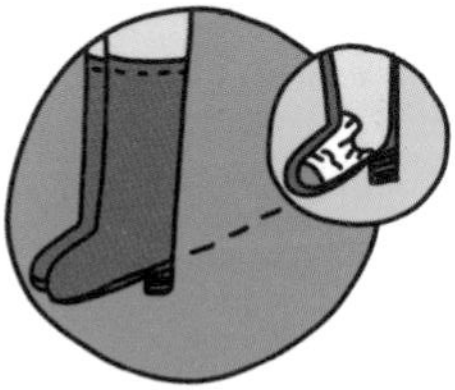

신발 속에서 양말이
다 벗겨졌을 때

맞춤법 강박증

30년 전에 만들어진 것
같은 광고를 봐야 할 때

안 그래도 우울한데 더 우울하게 만드는 사람들

직장인들에게 보내는 중단 & 중지 명령서

귀하 ________께서는 직장인 불만사항에 관한 형법 136.4에 의거한
아래의 규칙(들)을 엄수할 책임이 있습니다.

- ☐ 동료로부터 문구류(예시: 가위, 메모지, 스테이플러)를 '빌리는' 모든 행위 및 빌렸던 물품을 제자리에 돌려놓지 않는 부주의한 태도
- ☐ 동료가 이어폰을 착용함으로써 전하는, 자신을 건드리지 말아달라는 비언어적 신호를 존중하지 않는 태도
- ☐ 공용냉장고에 있는 동료의 음식을 먹는 행위
  여기에는 먹다 남은 피자, 다이어트 콜라, 요거트를 포함한 모든 음식이 해당됨.
- ☐ 짜증나는 유튜브를 큰 소리로 틀어놓는 행위. 더구나 반복해서 시청하는 것.
- ☐ 불필요한 신체 접촉. 예를 들면 규정상 주의를 요하는 '어깨 틀어쥐기', '팔 문지르기', '머리 헝클어뜨리기', '옆에서 껴안기' 등등
- ☐ 유행이 다 지난, 구닥다리 노잼 유머를 동료들의 단체 대화방에 올리는 행위
- ☐ 주말이나 휴일을 맞이하여 동료에게 "놀자", "바람 쐬자", "만나자"라고 집요하게 요청하는 행위

우리의 신성한 일터를 어지럽히는 상기 사항들을 즉각 중단해주시기를 요청합니다.

서명 ________

소설과 짜증

흠...
In It For the Long Haul
도대체 왜...
빈 둥지 증후군에 시달리던 피오나는, 그녀가 잃어버린 것이 다 커버린 자식이 아님을 깨달았다. 그녀가 진짜로 잃어버린 것은 자유롭게 날아다니던 소녀였던 피오나, 바로 자기 자신이었다.
소설책은 하나같이
우와, 뭔가 흥미로운걸.
'나 자신'을 찾아 떠난 여성들이...
여행의 시작은 66번 국도를 타면서부터였다. 여행길에서 그녀는 톰이라는 남자를 만난다. 톰은 거대한 물류트럭을 운전하는 남자로, 그와 함께하면서 비로소 피오나는 진정한 자신을 깨닫는다.
완전 짜증나!
남자를 찾으며 끝나는 거지?

짜증&스트레스 관리법

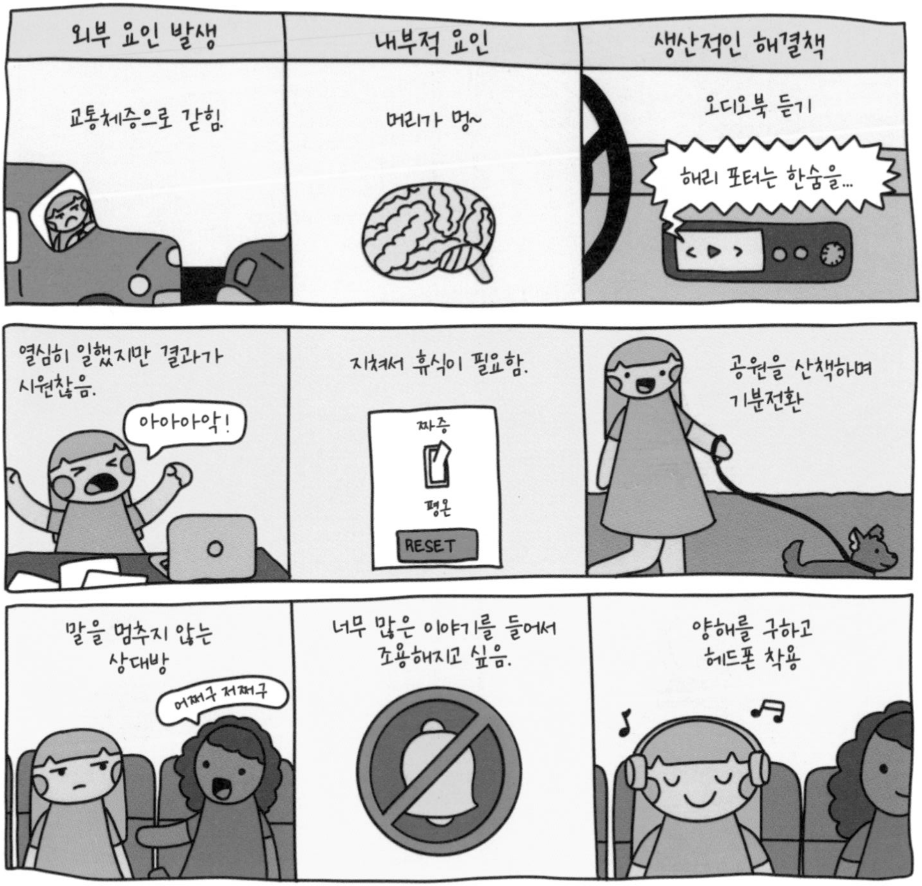
외부 요인 발생
내부적 요인
생산적인 해결책
교통체증으로 갇힘.
머리가 멍~
오디오북 듣기
해리 포터는 한숨을...
열심히 일했지만 결과가 시원찮음.
아아아악!
지쳐서 휴식이 필요함.
짜증
평온
RESET
공원을 산책하며 기분전환
말을 멈추지 않는 상대방
어쩌구 저쩌구
너무 많은 이야기를 들어서 조용해지고 싶음.
양해를 구하고 헤드폰 착용

어느 날 밤, 놀러 나가서

아차차!
미안해요.
오 맙소사, 너 어떡해!
야, 그래도 여기서 네가 제일 예뻐.
살려줘!
콘서트 어땠어?
끔찍했어!
근데 왜 웃고 있어?
그림 아이디어를 잔뜩 얻었으니까!

짜증나는 순간, 나를 위로하는 것

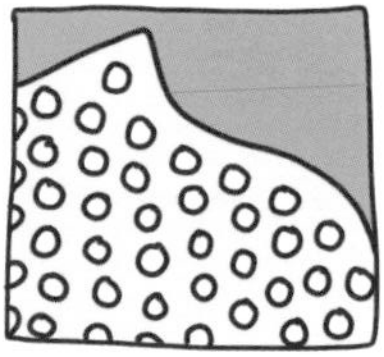

포장용 뽁뽁이 비닐

내가 제일 좋아하는 플레이리스트

광고 우편물 갈기갈기 찢기

격렬하게 껌 씹기

친구에게 열변 토하기

잡지의 모델 사진에 수염 그려 넣기

웃긴 동영상 모음

심호흡

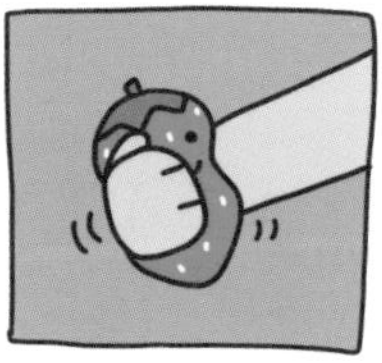

말랑말랑한 무언가를 주물럭거리기

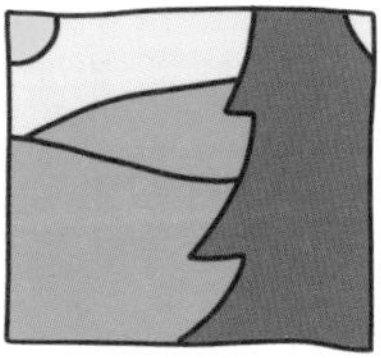

잠깐 멈추고 산책

낙서

강아지랑 뽀뽀

CHAPTER 3

오늘 나는 창피하고 부끄러워

창피함과 부끄러움은 내게 있는 사회적 불안감과 깊게 연결되어 있다. 나는 내가 겪었던 창피한 순간들을 좀처럼 흘려보내지 못하고 머릿속에서 반복 재생해본다.

그렇게 기억을 재생해볼 때마다 자기검열이 따라온다. 창피함이라는 감정에는 뭔가 무겁고 수치스러운 것이 배어 있는 것 같아.

그래서 나는 모든 사람이 창피한 순간을 겪는다는 사실을, 그러니까 나만 이런 감정을 느끼지 않는다는 사실을 계속해서 되새기지.

나의 다른 책, <내향적인 낙서들>(Introvert Doodles)에서는 "내향성 탈출"이라는 내용이 나오는데, 사람들이 자신의 가장 창피한 순간들을 서로 공유하는 것이다. 실수로 자주 넘어지는 사람이 지구에서 나 혼자만이 아니라는 것을 알게 되는 것만으로도 상당히 든든한 기분이 들기 마련이니까. 게다가 그런 민망한 순간들을 서로 이야기하면, 그 일에 대해서 깔깔 웃고 넘길 수도 있게 된다고! 그 작업을 하면서 나는 교훈을 얻었다. 나는 일을 망치고, 창피해서 쩔쩔매기도 하지만 여전히 조금씩이나마 앞으로 나아가는 존재라는 것…

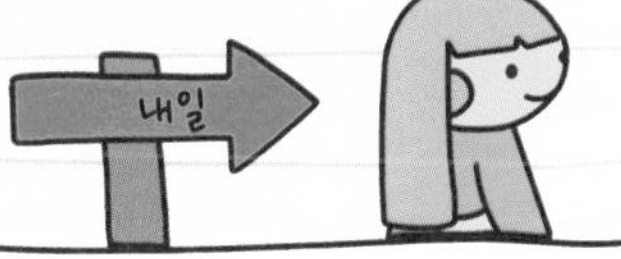

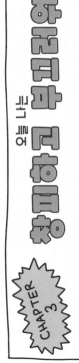

음… 저기.
나는 마지라고 해.
알아. 지난번에도 인사했잖아.
나는 전에 만났던 사람을
기억해내는 일이 정말 힘들다.
아마도 처음 만나는 사람과
눈을 잘 마주치지 못해서인 것 같다.
*한 달 전
음… 저기.
나는 마지라고 해.

얼굴 빨개지게 하는 사소한 것들

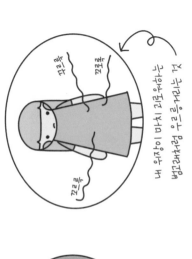

누군가가
내 플레이리스트를
듣는 것

내 위장이 마치 괴로워하는
범고래처럼 우르릉거리는 것

12살부터 15살까지의
내 사진

부모님과 함께 볼 때
나오는, 영화의 러브씬

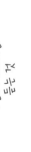

최근의 창피했던 에피소드

얼마 전에 피자를 시켰는데, 너무 안 와서
짜증이 났어. 드디어 피자 배달원에게서
전화가 왔는데, 나더러
왜 문을 안 열어주냐고 묻는 거야.
나도 모르게 예전 주소(다른 도시)로
주문해버린 거지.

발표할 일이 있어서 신경 써서 옷을 입었어.
내가 봐도 나쁘지 않게 잘 입었지.
스타킹이 무릎까지 내려가기 전까지만 해도,
정말 나쁘지 않았어.

다음 장에서 계속

새 차를 알아보려고 구경을 갔다가 생긴 일. 대충 훑어보고 마음에 드는 차에 올라탔는데, 막상 타보니 차 내부 세부적인 부분들이 너무 경악스러웠어. 컵 홀더에 커피 컵이 꽂혀 있었지! 알고 보니 다른 고객의 자동차에 승차했던 거더라. 앗차차.

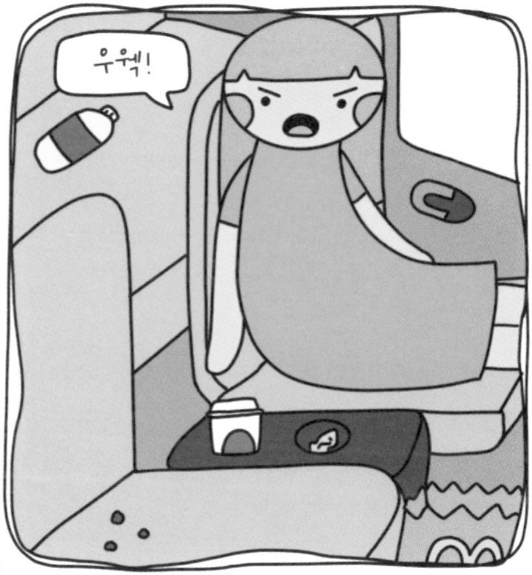

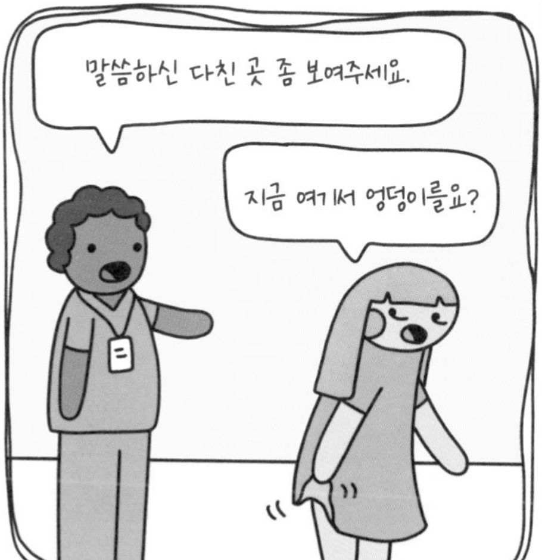

친척의 병문안을 가던 길, 나는 병원 주차장 구석에 있던 얼음 조각을 밟아 넘어지고 말았어. 다른 사람도 넘어질까봐 걱정되어, 병원 직원에게 내가 주차장에서 넘어졌으며 멍이 좀 든 것 같다고 알려주었지. 그러자 직원은 다친 데가 어딘지 보여 달라는 거야. 나는 직원이 내 신체 중에서 다친 곳이 어딘지를 궁금해하는 줄 알았지. 하지만 직원이 진짜 궁금했던 것은 주차장 어느 곳에서 다쳤는지였어.

바비큐 모임에서 창피했던 순간

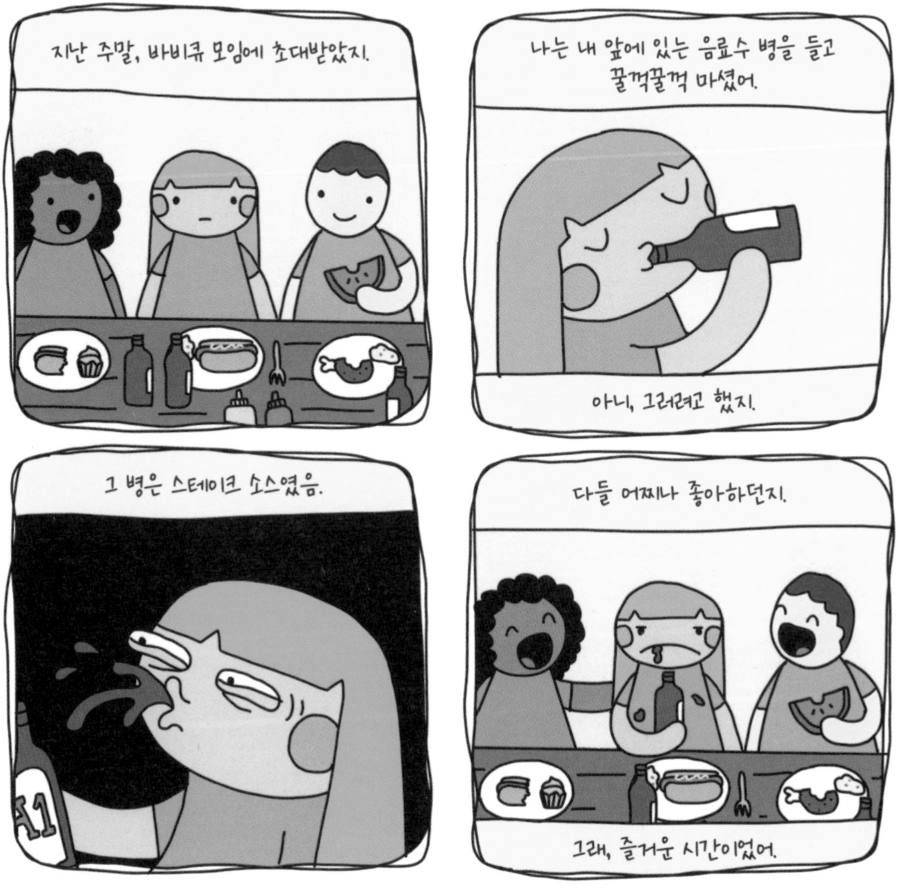
지난 주말, 바비큐 모임에 초대받았지.
나는 내 앞에 있는 음료수 병을 들고
꿀꺽꿀꺽 마셨어.
아니, 그러려고 했지.
그 병은 스테이크 소스였음.
A1
다들 어찌나 좋아하던지.
그래, 즐거운 시간이었어.

소비를 속일 순 없다

여보세요?
안녕하세요, 고객님. 카드회사입니다. 고객님의 결제에서 평소와 다른 정황이 있어서 연락드렸습니다. 이에 고객님의 최근 결제내역을 확인하는 데 동의해주시기 바랍니다.
오, 어머나! 네, 물론이죠!
그러면 가장 최근의 결제내역부터 역순으로 확인하겠습니다.
도미노 피자 $14.92, 타코벨 $6.05, 서브웨이 $8.22, KFC $9.87
음, 네. 전부 다 맞아요.
피자헛 $18.00, 버거킹 $9.47, 다시 타코벨 $5.49
아... 네, 맞아요. 속일 수가 없네요. 하하.
파파존스 $16.70, 맥도날드 $4.75, 또 타코벨이네요. $4.39
에휴~ 이제 그만해도 될 거 같아요.

멈출 수 없는 창피한 버릇들

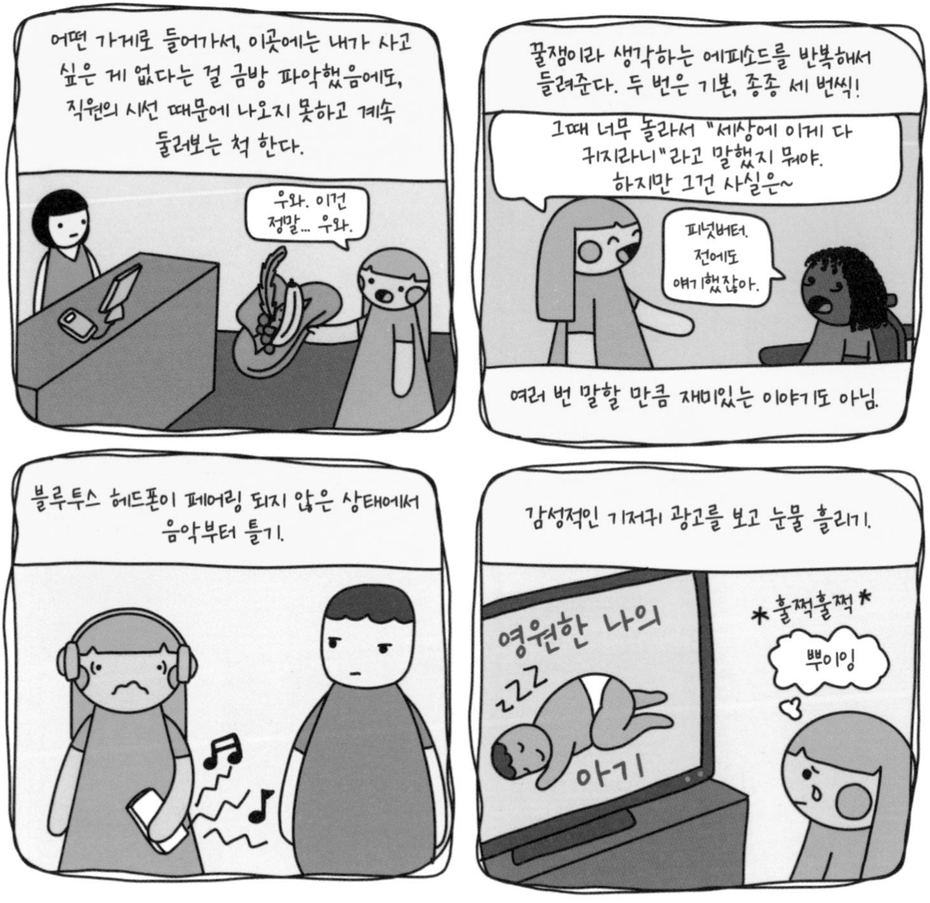

부끄럽고 창피한 빙고게임

여러분은 이 중에서 몇 가지나 경험해본 적 있나요?

웃다가 코를 먹은 적이 있다	이상한 냄새를 풍긴 적이 있다	코를 파다가 걸린 적이 있다	예전 썸남/썸녀의 사진에 '좋아요'를 누른 적이 있다	지갑을 놓고 온 것을 까먹고 음식을 시킨 적이 있다.
무슨 말인지도 모르고 웃으며 고개를 끄덕인 적 있다	하의에 물을 쏟은 적이 있다	'당기시오'라고 적힌 문을 열심히 민 적이 있다	머리 스타일을 완전히 망친 적 있다	농담을 했는데 아무도 못 알아들은 적이 있다
사람들 앞에서 엉덩이에 바지가 낀 적이 있다	남의 물건을 망가뜨린 적이 있다	해당사항 없음	어디에 주차했는지 잊어버린 적이 있다	바지 지퍼가 열린 채 돌아다닌 적 있다
선의의 거짓말을 했다가 들킨 적이 있다	아무것도 없는데 넘어진 적이 있다	누가 봐도 티가 날 정도로 겨드랑이에 땀을 흘린 적이 있다	선생님에게 "엄마"라고 부른 적이 있다	치아에 음식물이 낀 것을 모르고 대화한 적이 있다
콧물이 줄줄 나는데 휴지가 없었던 적이 있다	쇼핑카트로 진열대를 들이받은 적이 있다	아는 사람의 이름을 잊어버린 적이 있다	삑삑 소리가 나는 신발을 신고 나간 적이 있다	너무 쉬운 질문을 받은 적이 있다

(걱정하지 말아요. 당신은 혼자가 아닙니다!)

이쪽이다!
A
B
어떠한 결정을 내리고 나면
오, 여기... 풍경이 좋네.
앞으로!
반자동적으로 그 결정을 방어하고 정당화한다.
아, 역시. 캠핑하기에 완벽한 장소야!
계속
내 결정을 지키기 위해 온힘을 다하는 것이다.

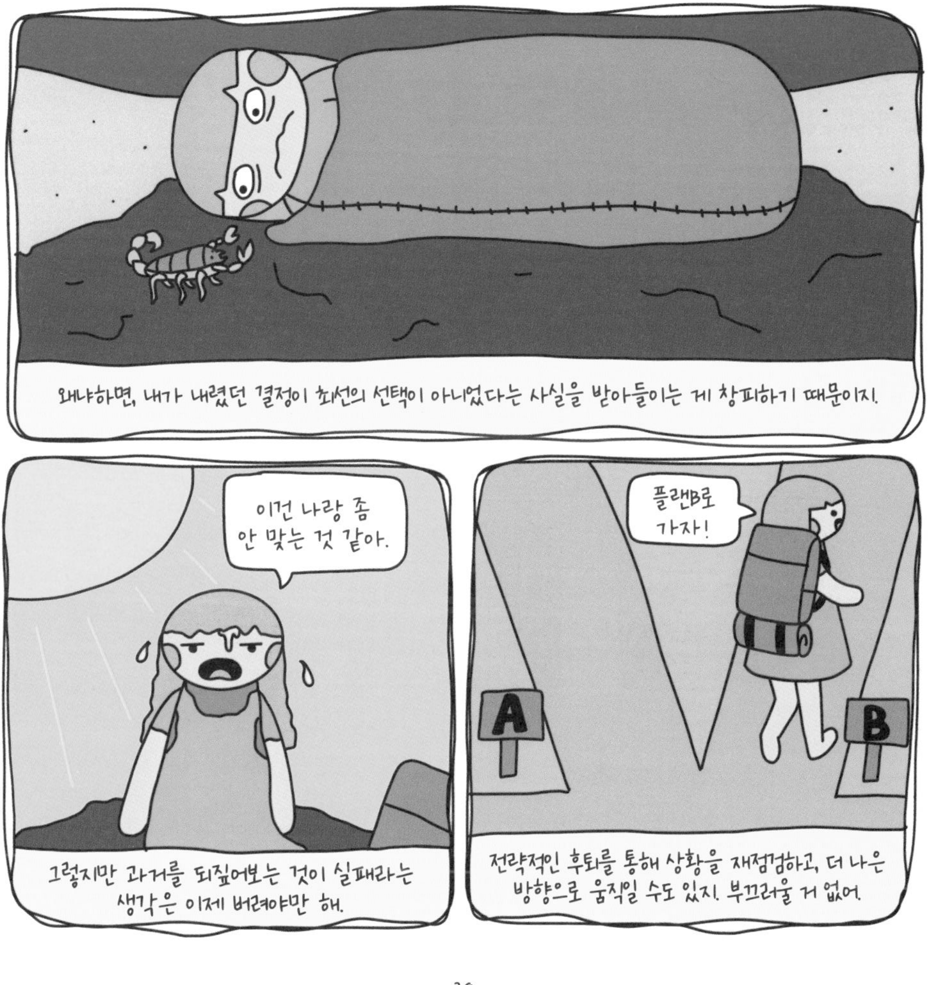
왜냐하면, 내가 내렸던 결정이 최선의 선택이 아니었다는 사실을 받아들이는 게 창피하기 때문이지.
이건 나랑 좀
안 맞는 것 같아.
그렇지만 과거를 되짚어보는 것이 실패라는
생각은 이제 버려야만 해.
플랜B로
가자!
A
B
전략적인 후퇴를 통해 상황을 재점검하고, 더 나은
방향으로 움직일 수도 있지. 부끄러울 거 없어.

CHAPTER 4

오늘 나는 사랑이 샘솟아

사랑이라는 감정을 느끼고 싶어 하는 건 모두 마찬가지 아닐까. 나는 사랑이란 로맨틱한 영화랑 비슷할 거라고 늘 상상했다. 한 소년이 한 소녀에게 반하고, 소년은 소녀에게 적극적으로 호감을 표현하고, 그 와중에 여러 해프닝이 벌어지면서 오해도 생기지만… 마침내 아주 근사하고 로맨틱한 프러포즈가 이루어지고 그 뒤에 소녀는 소년으로부터 사랑받으며 아니, 거의 숭배를 받으며 행복하게 오래오래 산다는 이야기.

내가 용납할 수 있는 로맨틱한 프러포즈들

사랑의 세레나데

나만의 서재 선물

플래시몹 댄스

그러니 현실 속 사랑이란 것이 그다지 영화 같지 않다는 사실을 깨닫고 내가 실망을 했겠어요, 안 했겠어요?

사랑에는 정말 많은 형태가 있으며 각각의 사랑은 그 나름대로 의미가 있다는 것을 내가 깨닫기까지는 상당히 오랜 시간이 걸렸다. 영화에서 보았던 전형적인 사랑이 전부가 아니라는 것을 받아들이고 나자, 내 주위의 사람들이 보여주는 다양한 형태의 사랑이 비로소 눈에 들어오기 시작했다.

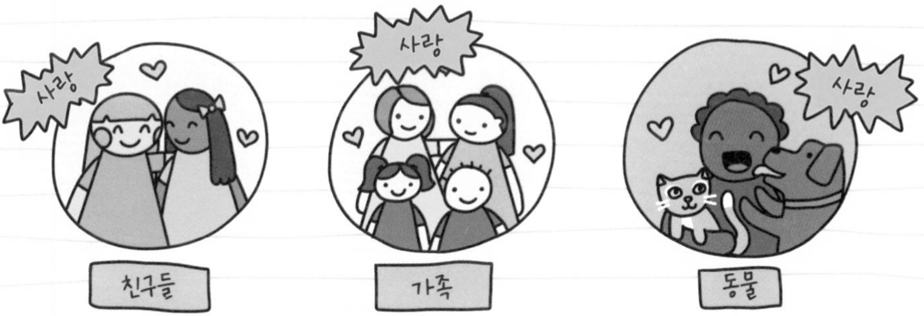

그러니까 세상에서 오직 나만을 사랑하고 숭배해줄 완벽한 상대방을 하염없이 기다릴 필요는 없다는 거다. 그러면 누군가는 이렇게 말하겠지. "마지. 왜 너의 기준을 낮추려고 하니? 너는 그런 특별한 사랑을 받을 수 있는 사람이야!" 하고. 물론 그렇지, 나도 내가 사랑받을 만한 사람이라는 걸 알아. 난 그저, 막연히 기대만 하겠다는 게 아니라 내 시야를 좀 더 넓히기로 했다는 이야기를 하는 거야. 여기서 중요한 사실은, 나는 '사랑받고 있다'는 거지. 많은 사람들에게서, 여러 가지 방식으로. 내가 할리우드 영화에서 보고 배웠던 사랑과는 좀 다른 모습이기는 하지만, 특별하다는 점에서는 다를 바 없어.

조금 더 단순한

어떤 사람들은 고급스러운 데이트를 좋아한다.
나타샤, 정말
사랑해
근사한 프러포즈를 꿈꾸는 사람도 있고
!
값비싼 선물을 주고받기도 한다.
이렇게 다양한 취향 중에서...
나는 좀 더 단순한 것이 좋아.

내 모든 것

내가 가진 것은 이게 전부야.
정말 보잘것없네. 심지어 멀쩡하지도 않고.
이 정도로는 턱없이 부족해.
여기... 너에게 주려고 준비했어. 별로 대단하진 않지만...
이건 네 모든 것이잖아.
와락!

우리의 첫 만남

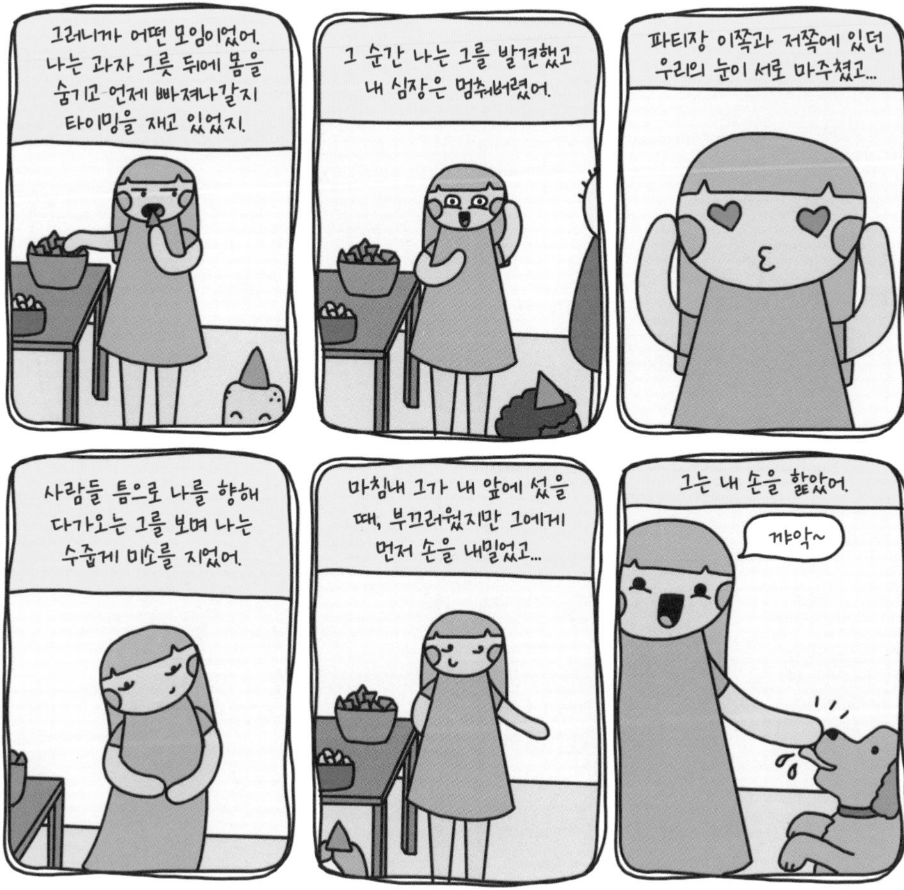
그러니까 어떤 모임이었어. 나는 과자 그릇 뒤에 몸을 숨기고 언제 빠져나갈지 타이밍을 재고 있었지.
그 순간 나는 그를 발견했고 내 심장은 멈춰버렸어.
파티장 이쪽과 저쪽에 있던 우리의 눈이 서로 마주쳤고...
사람들 틈으로 나를 향해 다가오는 그를 보며 나는 수줍게 미소를 지었어.
마침내 그가 내 앞에 섰을 때, 부끄러웠지만 그에게 먼저 손을 내밀었고...
그는 내 손을 핥았어.
꺄악~

내가 너를 ♥하고 있을 때...

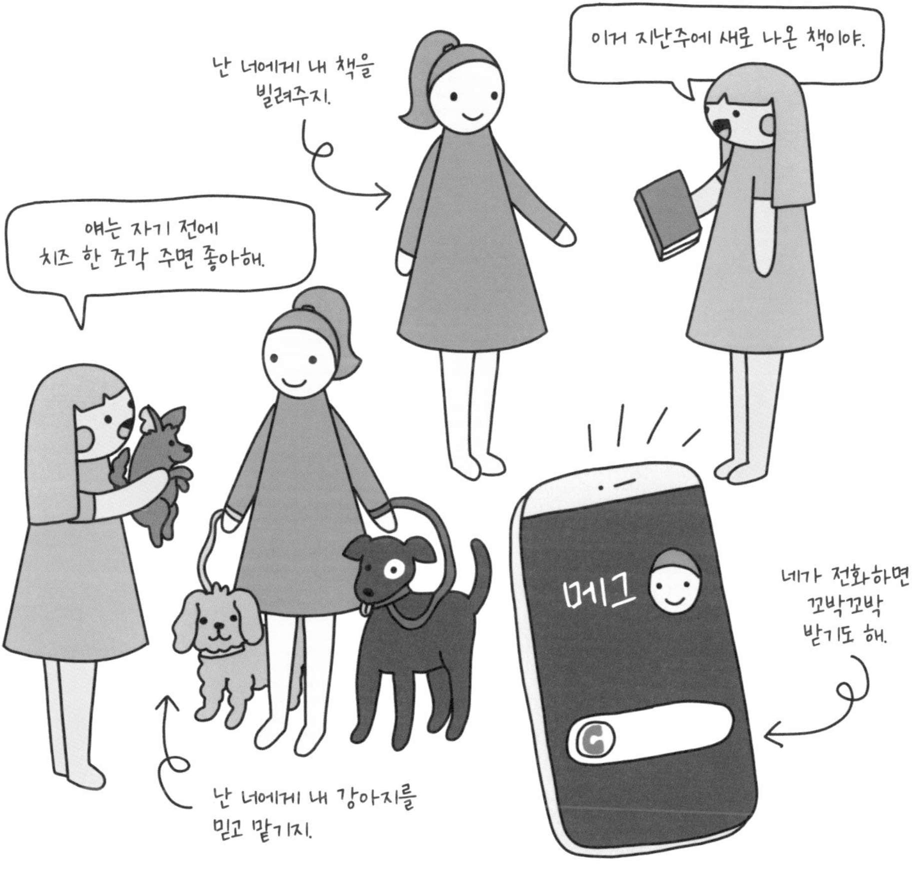
이거 지난주에 새로 나온 책이야.
난 너에게 내 책을 빌려주지.
얘는 자기 전에 치즈 한 조각 주면 좋아해.
메그
네가 전화하면 꼬박꼬박 받기도 해.
난 너에게 내 강아지를 믿고 맡기지.

어떤 마법

힘든 하루를 보내고
간신히 문자 한 줄 보낼 기운밖에 없을 때…
반려동물 출석체크
마법이 펼쳐진다!
요코가 하트를 보내요!
엘사는 독서 중
포피&로라!
모자를 선물 받은 우노
동물 친구 중에서 누가 제일 좋은지를 고르는 건 너무나 어려워…
마음이 정화된다~
사람 친구도 마찬가지!

이상해서 좋아

난 선사시대의 생물학을 좋아해. 왜냐면 그 분야의 연구는 선사시대처럼 천천히 진행되거든. 정말 웃기지 않니, 히히힛!
흠. 얘 좀 이상하다.
연구에 따르면 공룡한테도 벼룩이 붙어 있었을 거래. 놀랍지!
정말 확실히 이상하군.
이 벼룩들의 학명은 슈도풀렉스 쥬라시쿠스(pseudopulex jurassicus), 슈도풀렉스 마그누스(pseudopulex magnus)인데 다리가 길고 주둥이가 주사기처럼 뾰족해서 공룡의 딱딱한 비늘을 뚫을 수 있었대~
완전 괴짜잖아!
이런 벼룩의 조상들이 피를 빨며 전염병을 옮겨서, 공룡의 멸종을 더 가속화했을 가능성도 있을 것 같아! 어때? 흥미진진하지?
꺄아아~ 얘 맘에 들어!

호환 가능성 확인 테스트

나중에 귀찮게 하지 말고 지금 당장 빈 칸을 채우세요.

해당 칸에 체크하세요

- ○ 주말은 잠을 보충하는 시간이다.
- ○ 책을 읽다가 페이지를 접어서 표시한다.
- ○ 위아래가 붙은 일체형 잠옷을 좋아한다.
- ○ 건포도는 맛있다.
- ○ 캠핑을 좋아한다.
- ○ 침대에서 음식을 먹는 건 참을 수 없다.
- ○ 큼지막한 모범생 안경은 나름 귀엽다.
- ○ 너무 조용하면 불편하다.
- ○ 선풍기를 켜놓고 자는 편이다.
- ○ 화장실 문을 열어놓은 채로 일을 보기도 한다.

빈 칸에 >, = 또는 <를 넣으세요

스타워즈 ○ 스타트랙
강아지 ○ 고양이
페퍼로니 ○ 파인애플
바다 ○ 산
영화 ○ 책
오바마 ○ 트럼프
관광 ○ 호캉스
크리넥스 ○ 깨끗한나라
아침형 ○ 올빼미형
무심한 스타일 ○ 신경 쓴 스타일
안드로이드 ○ 아이폰
외식 ○ 배달
DIY ○ 남의 손
진지 ○ 오두방정
더위 ○ 추위

빈 칸을 채우세요

·소장하고 있는 책은 대략 몇 권? : ____권 ·내게 그 책들을 빌려줄 수 있어? ____
·넷플릭스 아이디 있어? ____ ·〈시녀 이야기〉 보러 놀러가도 돼? ____
·반려동물 있어? ____ ·내가 안아봐도 돼? ____ ·만약 거미가 나타나면, 나 대신 치워줄 수 있어? ____ 내가 혼자 있고 싶어지면 이해해줄 수 있어? ____

널 좋아해

로맨틱

사람들은 커플이 동시에 같은 말을 하는 순간을 굉장히 특별하고 로맨틱하다고 생각하는 것 같다.
저녁 뭐 먹을까? 주문하자~
나는 중국음식!
근데 나는 내 연인의 말을 맞추지 않는 편이 좋다.
내가 뭐 가져왔는지 맞혀볼래?
음, 우유? 두유?
책을 두 권 가져왔지. 같은 책으로 말이야! 같이 읽으면서 둘만의 독서모임을 하자!
나를 깜짝 놀라게 하고 웃게 만드는 순간을 사랑한다.
오늘 나 어때?
음, 외부의 빛이 각막을 통과하여 굴절되고 있어서-
역시 공대생이야~
까르르
응, 그리고 넌 아주 사랑스럽고~
그리고 난 사랑의 지평을 더 넓혀주는 연인만의 새로운 시선을 사랑한다.
시리얼은 엄밀히 말하면 수프로 분류해야 하는 거 같아. 건더기와 액체의 조합이잖아.
그게 유일한 기준일까? 그렇다면 코코아에 마시멜로를 띄워도 수프가 되잖아.
나를 황당하게 만드는 아이디어들도 마찬가지다. 그리고...
우리가 크고 얇은 화분을 제작해서 잔디를 뿌리면, 겨울쯤에는 초록색 양탄자가 완성되지 않을까?
네가 잔디를 잘 깎아주면 가능할 수도.
나는 이런 것들도 충분히 특별하고 로맨틱하다고 생각한다.
지금 무슨 생각해?
음음, 근데 정말로 궁금한 거야?
늘 언제나.

사랑의 자격

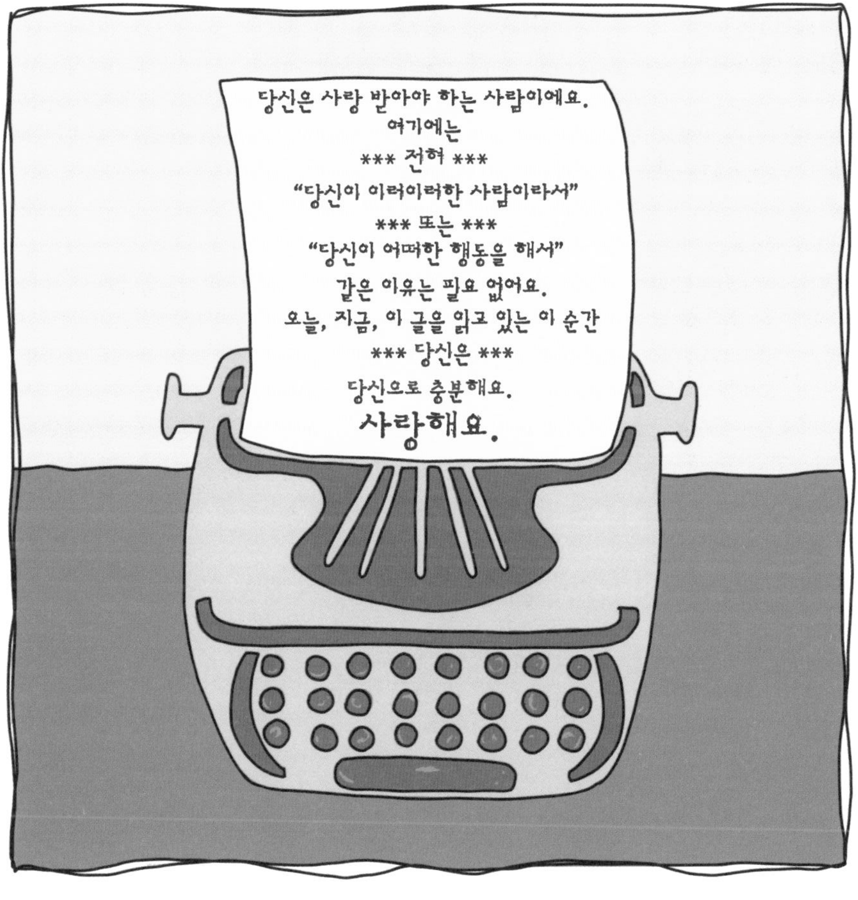

당신은 사랑 받아야 하는 사람이에요.
여기에는
*** 전혀 ***
"당신이 이러이러한 사람이라서"
*** 또는 ***
"당신이 어떠한 행동을 해서"
같은 이유는 필요 없어요.
오늘, 지금, 이 글을 읽고 있는 이 순간
*** 당신은 ***
당신으로 충분해요.
사랑해요.

CHAPTER 5

오늘 나는 압박감을 느껴

압박감을 느낄 때마다 나는 이런 주문을 외우고는 한다. "할 수 있는 데까지 해보자. 이게 내가 못하는 일이라는 걸 알게 될 때까지."

이 주문은 가정에서, 직장에서 그리고 평소 인간관계에서도 전부 적용할 수 있다. 나는 스스로 기진맥진해지는 걸 느끼고 힘겨워하면서도 내 자신을 몰아붙이고는 한다. 내 전부를 쏟아붓지 않으면 충분히 최선을 다했다는 느낌이 들지 않아서 그러는 것 같아. 하지만 그런 식으로 하면 결국 지쳐 뻗어버릴 수밖에 없지.

내 전부를 쏟아붓는 방식의 문제점은 마지막에는 스스로 완전히 소진되어버린다는 것이다. 나는 녹초가 되고, 번아웃이 오고, 결국 고장이 나 버리고 말아.

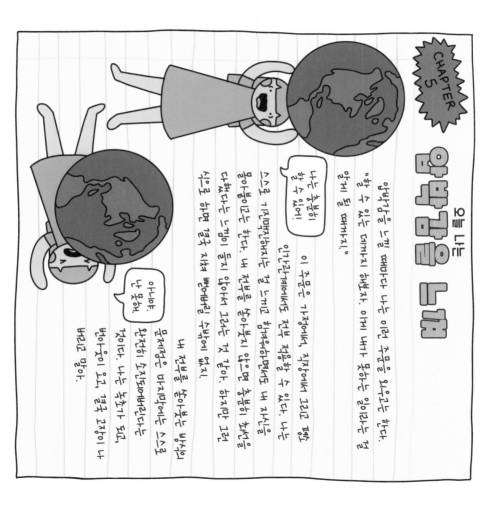

스스로 부족하다거나 지치는 느낌이 들 때면, 나는 그 느낌을 아래와 같은 신호로 해석했다.

하지만 심리 상담을 통해서 나는 이런 감정들이 나에게 전하려고 했던 신호가 사실은 정반대였다는 것을 깨닫게 되었다.

압박감을 느낀다는 것은, 내 몸이 나에게 신호를 보낸다는 말이다. 그 신호는 내가 가진 능력을 다시 살펴보라는 것, 좀 더 단순하게 접근해보라거나, 아니면 좀 쉬라는 의미일 수도 있어. 내 몸이 보내는 신호에 귀를 기울이게 되면서부터, 나는 내 삶의 주인으로 훨씬 더 통제력을 갖추게 된 것 같아.

최악의 워크숍

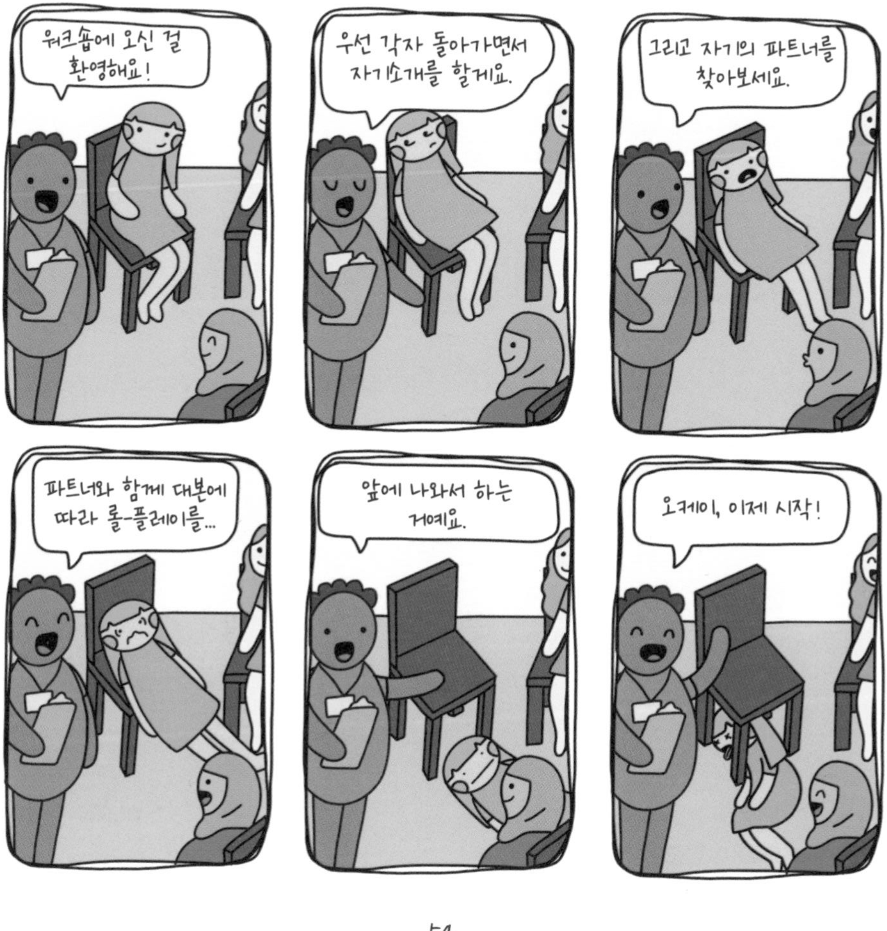
워크숍에 오신 걸
환영해요!
우선 각자 돌아가면서
자기소개를 할게요.
그리고 자기의 파트너를
찾아보세요.
파트너와 함께 대본에
따라 롤-플레이를...
앞에 나와서 하는
거예요.
오케이, 이제 시작!

모임이 생겼을 때

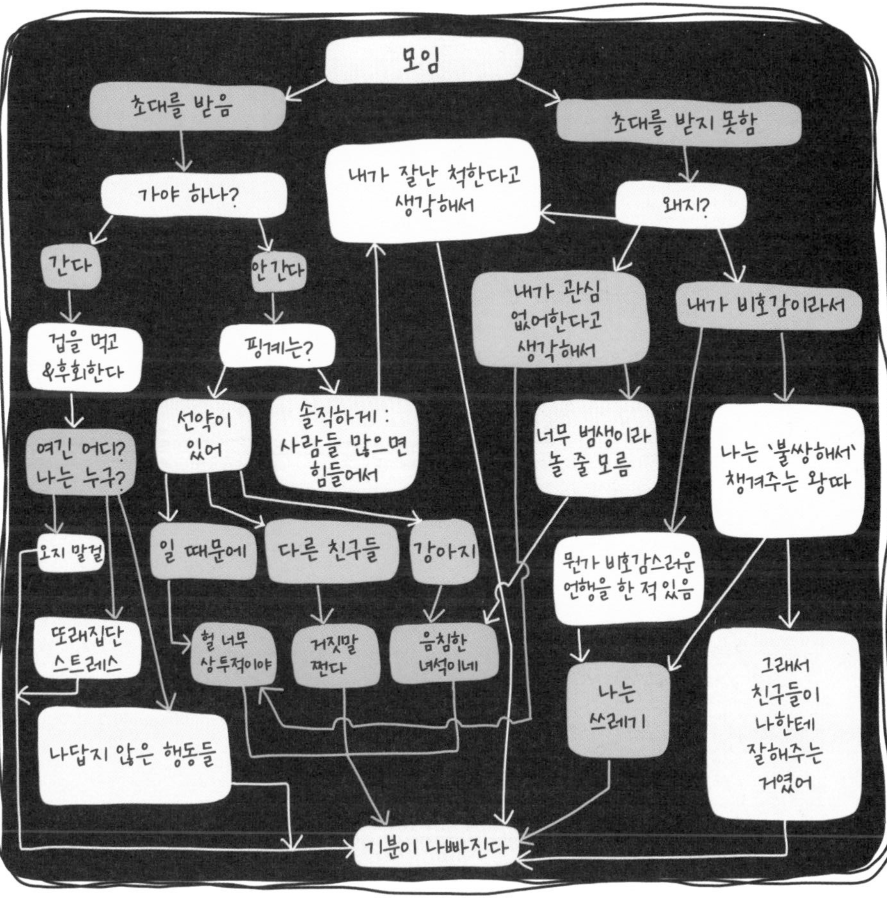
모임
초대를 받음
초대를 받지 못함
가야 하나?
내가 잘난 척한다고 생각해서
왜지?
간다
안 간다
내가 관심 없어한다고 생각해서
내가 비호감이라서
겁을 먹고 &후회한다
핑계는?
선약이 있어
솔직하게 : 사람들 많으면 힘들어서
너무 범생이라 놀 줄 모름
나는 '불쌍해서' 챙겨주는 왕따
여긴 어디? 나는 누구?
오지 말걸
일 때문에
다른 친구들
강아지
뭔가 비호감스러운 언행을 한 적 있음
또래집단 스트레스
헐 너무 상투적이야
거짓말 쩐다
음침한 녀석이네
나는 쓰레기
그래서 친구들이 나한테 잘해주는 거였어
나답지 않은 행동들
기분이 나빠진다

내리막길

- 인생 -
나도 이거 탈 수 있어.
생각보다 힘드네. 하지만 난 할 수 있어.
균형만 조심스레 잘 유지하면 돼. 그러면 결국 해낼 수 있을 거야!
$#!+
이곳저곳 멍이 들고 다리는 부러졌지만 괜찮아질 거라고!

어쩌라고 싶은 포스터들

포기하지 마세요!
다른 길은
더더욱
최악이니까!

팀(TEAM)에는 내(I)가 없다.
하지만 외로움(loneliness), 울먹임(sobbing), 아이스크림(ice cream)에는 있지. 내가(I).

진정한 달콤함은 바로
날씬함(THIN)...
이 아니라, 욕조에서 씬(thin) 쿠키를 먹을 때!

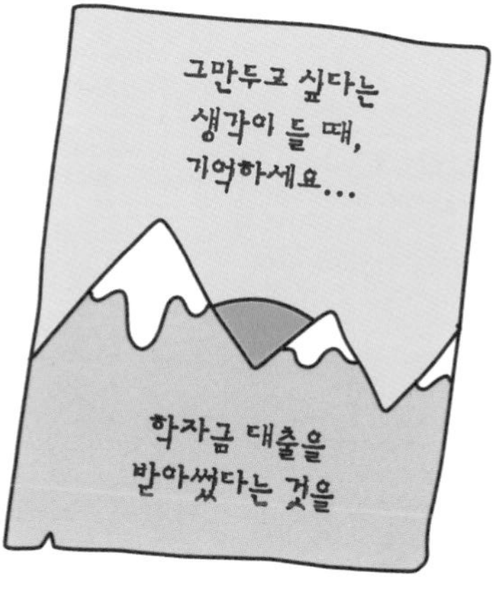
그만두고 싶다는
생각이 들 때,
기억하세요...
학자금 대출을
받아썼다는 것을

작업

나 작업할 게 좀 남았어! 작업실에 있을게.
좋아, 청구서를 보내자. 흠… 근데 너무 비싸다고 하면 어떡하지?
솔직히 그림을 그리는 게 엄청난 육체노동인 건 아니니까…
하지만 그만큼 정신적으로 또 심리적으로 집중했잖아. 내 그림은 그렇게 흔한 스타일도 아니고. 그렇게 따지면 난 오히려 단가가 저렴한 편이지.
근데 '흔한 스타일이 아니다' = '훌륭하다' 이 공식이 늘 옳을까? 세상에는 나보다 재능 있는 작가들이 엄청나게 많을 텐데…
어때? 잘 되어 가?
시작도 못했어.

당신이 과거에 "좋아"라고 말했다는 것이
앞으로 "싫어"라고 말하지 않겠다는 약속은 아닙니다.

* 아래 예시들 말고도 다양한 사례가 있습니다.

압력

이 조그만 풍선은 앞으로 더 늘어나고 커질 수 있는 가능성이 있다.
헬륨가스를 조금만 넣어도 풍선은 금세 날아오르지!
그런데 만약에 자꾸만 압력을 가해서...
감당할 수 없게 된다면?
모자이크 처리
아.
약간의 압력
=
성장
아주 많은 압력
=
폭발
*본 작품의 모자이크는 특수효과를 나타냅니다. 이번 작품의 제작과정에서 실제로 상처입거나 손상된 풍선은 없었음을 밝힙니다.

어떻게 해야 하냐고요...?

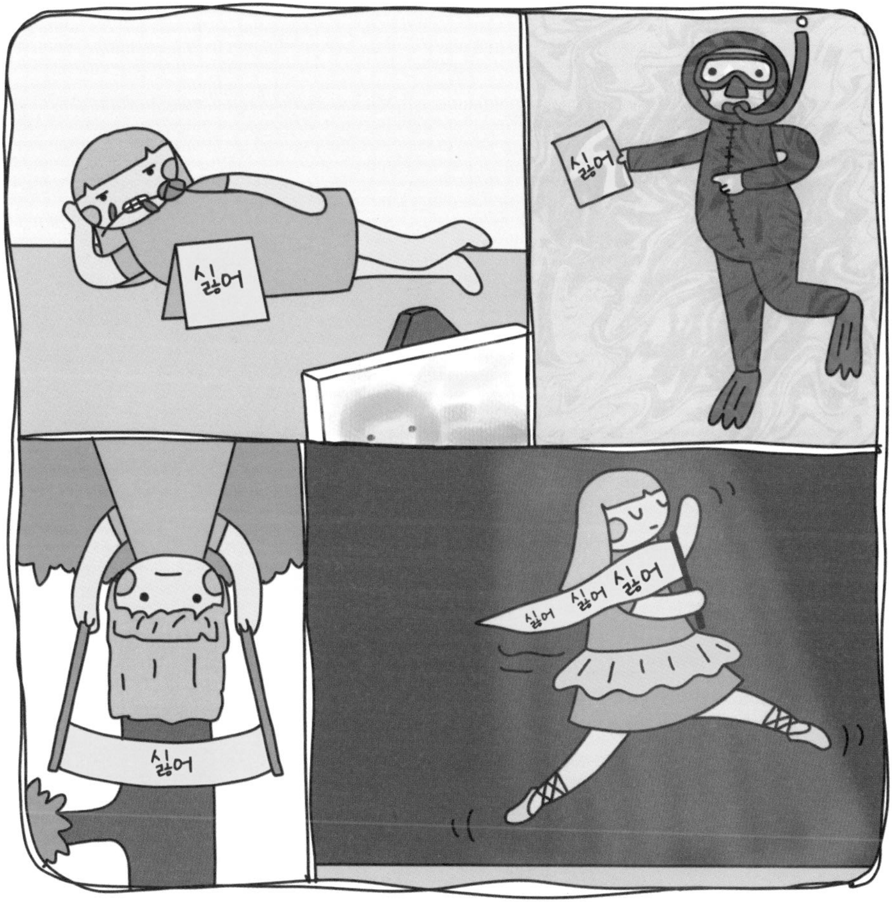

순서를 정해보자

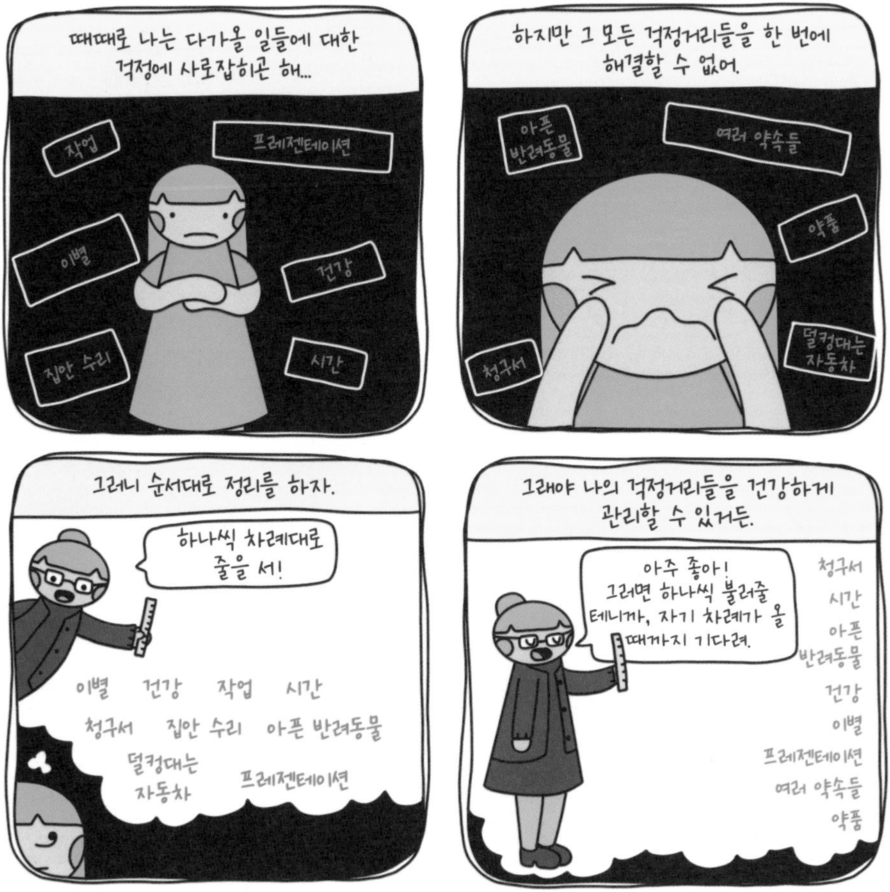
때때로 나는 다가올 일들에 대한 걱정에 사로잡히곤 해...
작업
프레젠테이션
이별
건강
집안 수리
시간
하지만 그 모든 걱정거리들을 한 번에 해결할 수 없어.
아픈 반려동물
여러 약속들
약품
청구서
덜컹대는 자동차
그러니 순서대로 정리를 하자.
하나씩 차례대로 줄을 서!
이별 건강 작업 시간
청구서 집안 수리 아픈 반려동물
덜컹대는 자동차 프레젠테이션
그래야 나의 걱정거리들을 건강하게 관리할 수 있거든.
아주 좋아! 그러면 하나씩 불러줄 테니까, 자기 차례가 올 때까지 기다려.
청구서
시간
아픈 반려동물
건강
이별
프레젠테이션
여러 약속들
약품

압박감에 시달릴 때의 대처법

CHAPTER 6

오늘 나는 기대하고 있어

나는 설레고 기대되는 그 순간을 사랑한다. 내 실핏줄 속에서 샴페인이 터지는 듯한, 따끔따끔한 그 감각들. 내가 기다리는 그 순간이 올 때까지, 꿈을 꾸고 있는 것만 같은 따뜻한 상상을 몇 번이고 반복하면 얼마나 즐거운지 모른다.

날짜를 세고 시간을 보고 있으면 내 마음속 흥분은 점점 커지고 난리가 난다고!

나는 어떤 일을 기다리고 기대하는 그 순간들이, 실제로 그 일이 이루어졌을 때만큼이나 기쁘고 소중해. 무언가를 기대하며 계획을 세우고, 그 순간이 다가오기를 기다리며 이야기를 나누고, 세세한 부분까지 상상하는 모든 과정들이 나에게는 설레고 기뻐.

기대감이라는 감정에서 제일 어려운 건, 계속해서 유연성을 유지해야 한다는 점이다. 나만의 꿈에 너무 집착하고 상상 속으로 빠져들다 보면, 내가 계획했던 대로 실현되지 않았을 때 크게 실망하거나 절망하게 되기 때문이지.

그렇다면 앞으로는 기대감을 짓눌러야 할까? 기대감으로 인해 상처받거나 실망하지 않기 위해?

기대감이라는 감정을 훌훌 털어버리는 것이 지혜로운 방법일까?

내가 발견한 해결책은 오히려 정반대였다. 기대감으로 꿈꾸는 것을 멀리하거나 자제하는 대신, 나는 더 많이 상상하기 시작했어. 다만 단 하나의 결과가 아니라, 여러 가능성들을 열어놓고 말이야. 그래서 마침내 그날이 닥쳐왔을 때, 나는 활짝 열린 마음으로 준비할 수 있게 되었지.

이를테면 자꾸 변수가 생겨 바라던 대로 진행되지 않는다면, 그 변수의 가능성을 기대하는 거지. 이렇게 되면 어떨까? 또 저렇게 되면? 우와! 신나겠는걸!

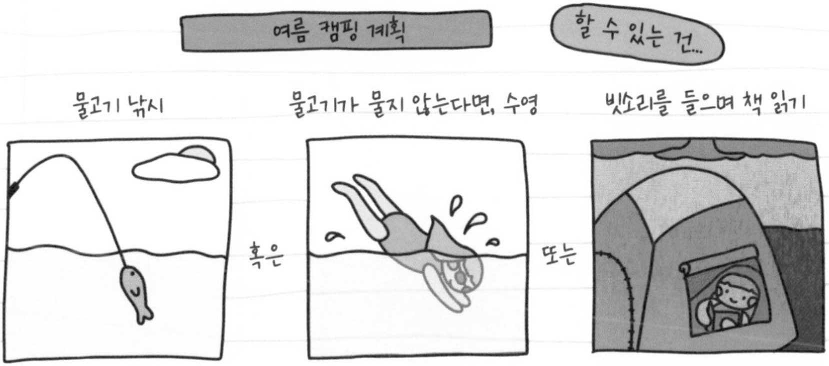

에휴
낙서하고 스케치할 시간 좀 있었으면...
뭔가 창조적인 걸 할 수 있다면 좋을 텐데.
몇 시간만 더 있으면 그림 그리는 데 몰두할 수 있어...
집에 다 왔다! 이제 밤새 그림 그려야지~
드 디 어 !
아, 너무 피곤해서 못 하겠어.

바라는 것

나는 항상 강아지를
갖고 싶었어...
자동차...
APT
B
그리고
나만의 공간
지금의 나는 내가 그동안
바라던 것들을 다 가지고 있다.
하지만 앞으로 갖고 싶은 것들을
또 생각하지.
넓은 정원
근사한 집
북유럽식 욕조
커리어
앞으로 갖고 싶은 것들을 향한 기대감이,
현재를 기뻐하는 데 방해가 되다니.
나 왜 이러지?
HOT TUBS

개학하기 전날의 그 기분을 기억하나요?

계획은 미리미리

생일 때 롤러스케이트 파티를 하기로 했어요…
롤러스케이트장을 빌려야 하니까 애들은 조금만 부를게요. 그날 틀 음악 리스트는 정했어요!
케이크만 있으면 될까요? 아니면 피자도 시키는 게 좋을까요?
얘야, 생일파티 한 지 두 달밖에 안 지났어.
계획은 미리미리 세워야죠.

어렸을 적에 나는, 어른이 되면 아주 세련되고 근사한 삶을 살게 될 줄 알았다...

지금도 나름 비슷하다.

봄을 기대해

비 오는 날의 풍경
튤립 향기
딸기와 각종 베리들
창문 열고 환기
등산
야외 테이블에서 식사
광합성
우산 펼치기
나비 관찰
집안 곳곳 대청소
잔디 깎기
겨울옷 탈출
부활절 사탕
야외 바비큐
새싹 보며 감탄
자전거 타기
스무디 호로록
콧물 줄줄
ALLERGY PILLS
새들의 지저귐
꽃시장 나들이
민들레꽃 화관
웅덩이 첨벙
야외에서 독서
파스텔톤 색감의 옷
도그 파크 나들이

잠시 후

부자가 되면 꼭 사고 싶은 것들

여름휴가 버킷리스트

□ 반경 100km 이내의 모든 도서관 방문
□ 강아지 놀이터에서 놀기
□ 해먹에서 낮잠
□ 마라톤 & 넷플릭스
NETFLIX
(둘 중에서 아무거나)
□ 잔디밭과 풀숲에서 헤매기
□ 소설 쓰기
□ 집에서 뒹굴뒹굴
배달시키니까 마치 호텔 룸서비스 같아!
□ 튜브 타고 둥둥
□ 잠옷 입고 ~~하루종일~~ 일주일

누군가를 미소 짓게 하고 싶을 때면
나는 이렇게 묻곤 해. "요즘 기대하는 게 뭐야?"라고
그런 다음, 내 물음에 답하는 이들의 얼굴이 밝아지는 모습을 바라보지.
우리 멍멍이가 곧 강아지를 낳을 거야!
며칠 있으면 어머니가 날 만나러 오셔!
다음 달에 오레오 과자의 새로운 맛이 출시된대!

CHAPTER 7

오늘 나는 오해를 받았어

오해를 받는다는 건, 정말 속상해! 특히 나 같은 경우, 내 개인적인 성향 때문에 더 그런 것 같다. 나는 말로 하는 의사소통에 어려움을 겪었던 적이 있는데, 그래서인지 남들과 대화하는 것이 상당히 부담스럽다. 어떤 오해는 순전히 내 잘못 때문에 생기기도 하지만… 대부분의 사람과는 조금 다른, 약간은 튀는 시선을 갖고 있어서 그런지도 모르겠다.

시간이 지나면서 나는 약간의 오해를 사는 일들은 그러려니 하고 받아들이게 되었다. 모든 사람이 나를 이해할 수는 없고, 나 역시도 모든 사람을 이해할 수 없으니까. 하지만 그럼에도 여전히, 어떤 의문들은 내 마음속을 떠나지 않고 있다.

다만 내 인간관계를 위해서 그냥 묻어둘 뿐…

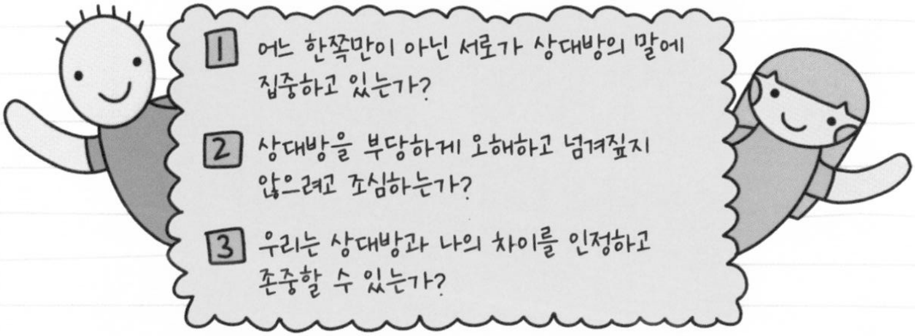

나더러 바꾸라고, 네가 달라져야 한다던 사람들도 있었다. 그런 일들을 겪을 때면 나는 그들의 비판을 조심스럽게 되짚어보았다. 내가 나 자신의 솔직한 답을 찾아낼 때까지 계속 생각했다. 그리고 나는 대개 아래와 같은 결론에 도달했다.

정말로 나를 신경 쓰고 걱정하는 사람들은 내가 가진 남다른 점을 기꺼이 포용해주고, 그것을 나만의 특별한 개성이라고 말해준다는 것도 알게 되었다.

변화

내 생각 내 의견

사람들은 내 생각이 궁금하다며 내게 의견을 묻곤 한다.
남자친구한테 내가 한 번 더 기회를 줘야 할까? 어떻게 생각해?
음… 글쎄
넌 이미 걔한테 열 번도 넘게 기회를 줬어. 걔는 완전 자기밖에 모르고, 할 줄 아는 거라고는 빈둥거리는 것밖에 없는 철부지야. 걔한테 네가 너무 아까워.
!
또 걔가 기르는 수염은 무슨 애벌레 같아.
와. 너 어쩌면 그렇게 못되게 말하니? 내 친구 맞아?
사람들이 알고 싶어 하는 건 내 생각이 아니라는 걸 깨달았지.
네 마음이 시키는 대로 따르는 게 좋겠다고 생각해.
고마워, 마지.

더 이상 줄일 수 없어

누군가가 나에게 "줄여"라고 말할 때
친구야! 넌 좀 심각함을 줄이는 게 좋겠어.
침묵하는 시간을 줄인다면, 친구 사귀는 데 더 수월해질 거야.
감정을 좀 줄여보면 어때?
넌 너무 예민해. 예민함을 줄여.
응, 그렇게 할게.
아마도 네 말이 맞는 거 같아...
한번 해볼게.
노력하고 있어요...
나는 나 자신을 조금씩 잃어간다.

내가 한 말	그가 들은 말	내가 하려던 말
당신을 보니까 과학자 빌 나이(Bill Nye)가 생각나요!	나보고 재미없는 공대생 같다고 돌려 까는군.	너 정말 스마트하고 재미있구나.
커피 한 잔 할까?	나한테 데이트 신청을 하다니!	카페인이 필요해. 넌 안 필요하니?
전 집에서 일해요.	잘 됐다! 뭔가 특이하고 좋은 직업일 듯!	사실 나는 백수야...
알려줘서 고마워.	너의 앞서가는 정보와 베푸는 지혜가 인상적이야.	내가 언제 물어봤니?
어머, 저기, 뭐야, 안녕~	나랑 친해지고 싶은가봐!	와, 너희 강아지 참 예쁘다. 좀 만져보고 싶은데 괜찮을까?

오해가 발생했을 때

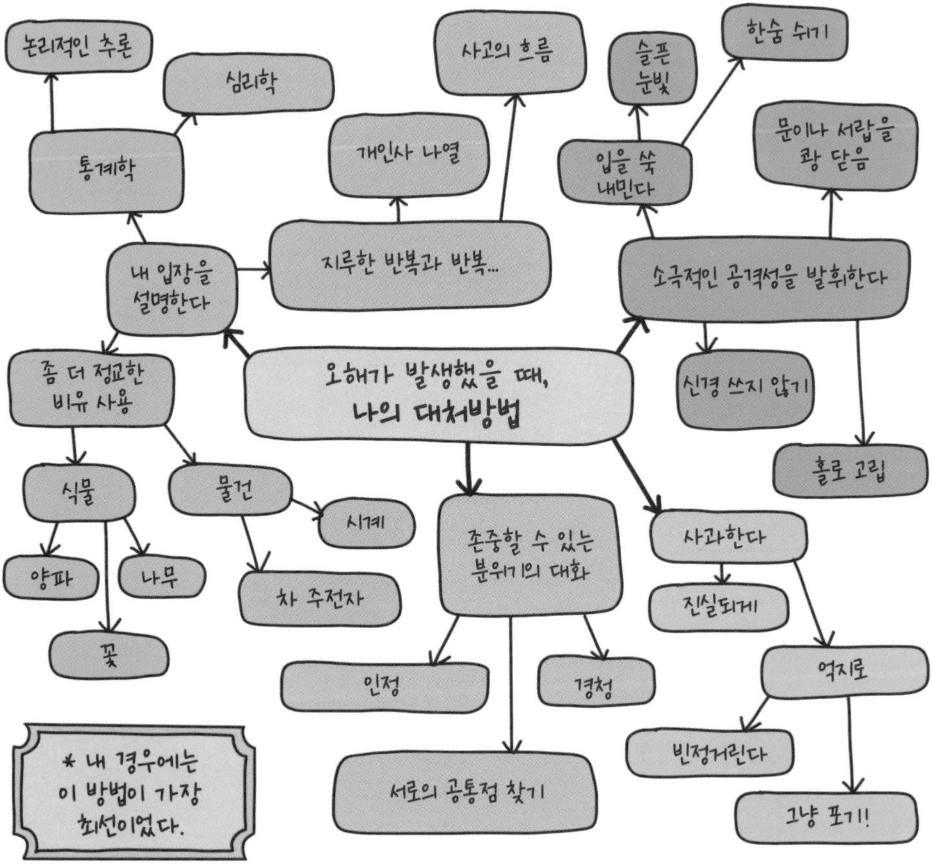
오해가 발생했을 때,
나의 대처방법
내 입장을 설명한다
통계학
논리적인 추론
심리학
지루한 반복과 반복…
개인사 나열
사고의 흐름
좀 더 정교한 비유 사용
식물
양파
나무
꽃
물건
시계
차 주전자
존중할 수 있는 분위기의 대화
인정
경청
서로의 공통점 찾기
소극적인 공격성을 발휘한다
입을 쑥 내민다
슬픈 눈빛
한숨 쉬기
문이나 서랍을 쾅 닫음
신경 쓰지 않기
홀로 고립
사과한다
진실되게
억지로
빈정거린다
그냥 포기!!
* 내 경우에는 이 방법이 가장 최선이었다.

내 목소리가 들리니?

만약에 당신이...

당신은 내 말을 듣고 있지 않는 거예요.

'좋은 경청'은 청력의 문제가 아니다. 상대방이 자신의 생각을 털어놓을 수 있는 안정감을 제공하는 것이다. 물리적으로 소리를 듣는 것 말고도 다양한 방식의 소통이 가능하며, 이를 통해 우리는 서로를 이해할 수 있다!

나에 대한 당신의 오해

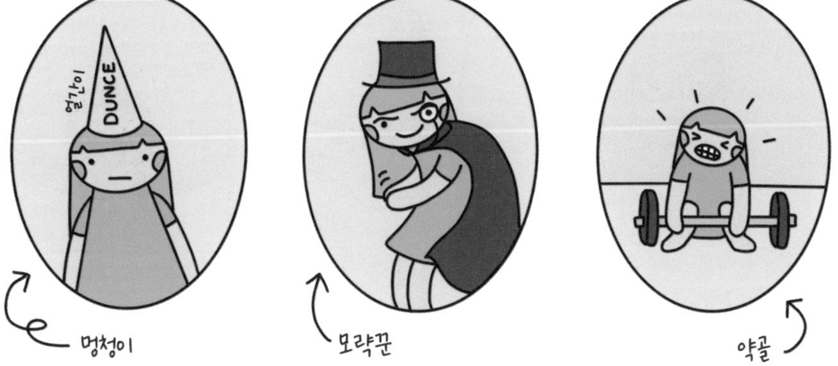

당신이 오해하는 내 모습은 내가 아니다.

마트에서의 나

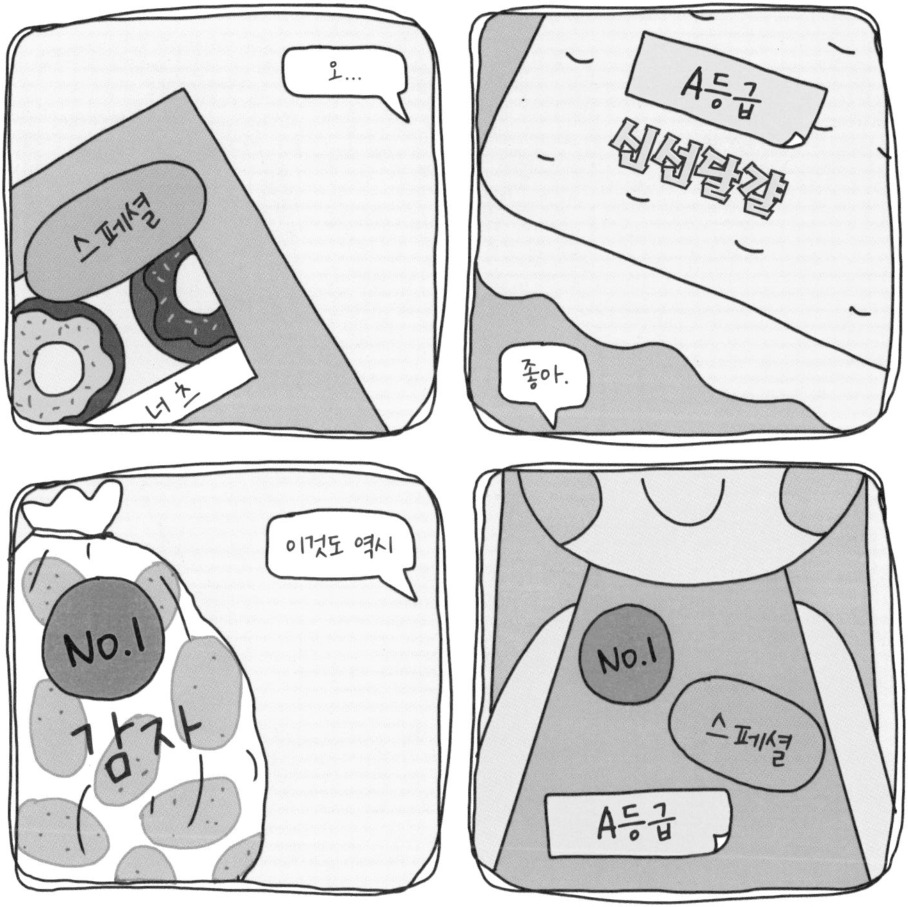

*내게 붙일 라벨은 내 스스로 선택한다.

과하다고?

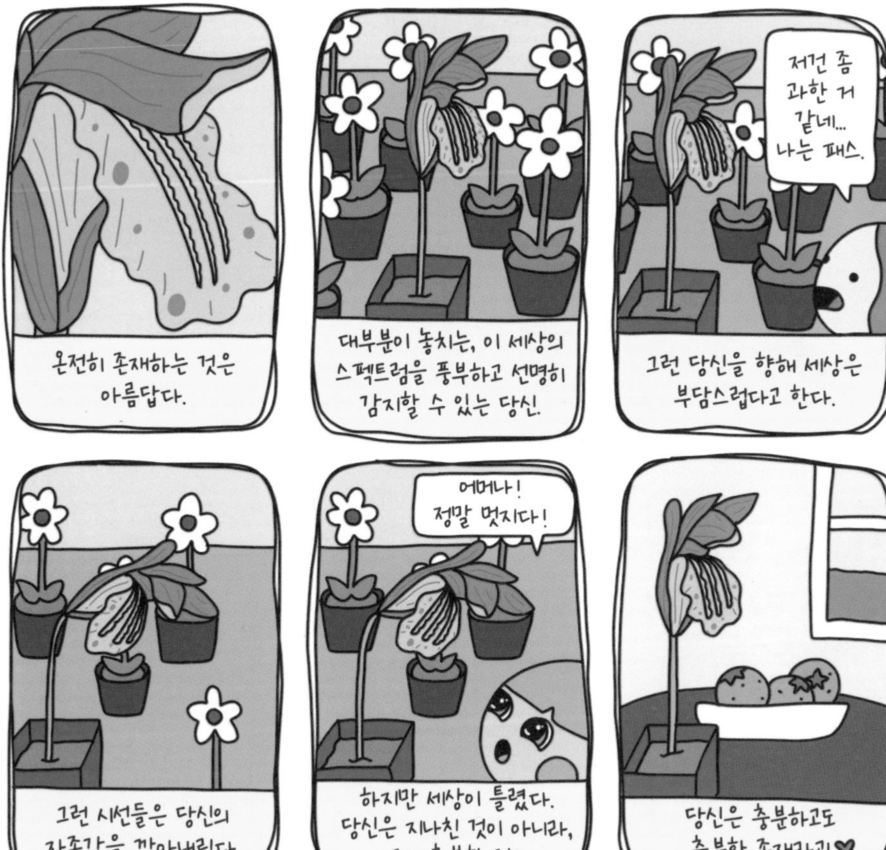
온전히 존재하는 것은
아름답다.
대부분이 놓치는, 이 세상의
스펙트럼을 풍부하고 선명히
감지할 수 있는 당신.
저건 좀 과한 거 같네... 나는 패스.
그런 당신을 향해 세상은
부담스럽다고 한다.
그런 시선들은 당신의
자존감을 깎아내린다.
어머나! 정말 멋지다!
하지만 세상이 틀렸다.
당신은 지나친 것이 아니라,
그저 충분한 것!
당신은 충분하고도
충분한 존재라고!

자주 겪게 되는 오해에 대처하는 방법들

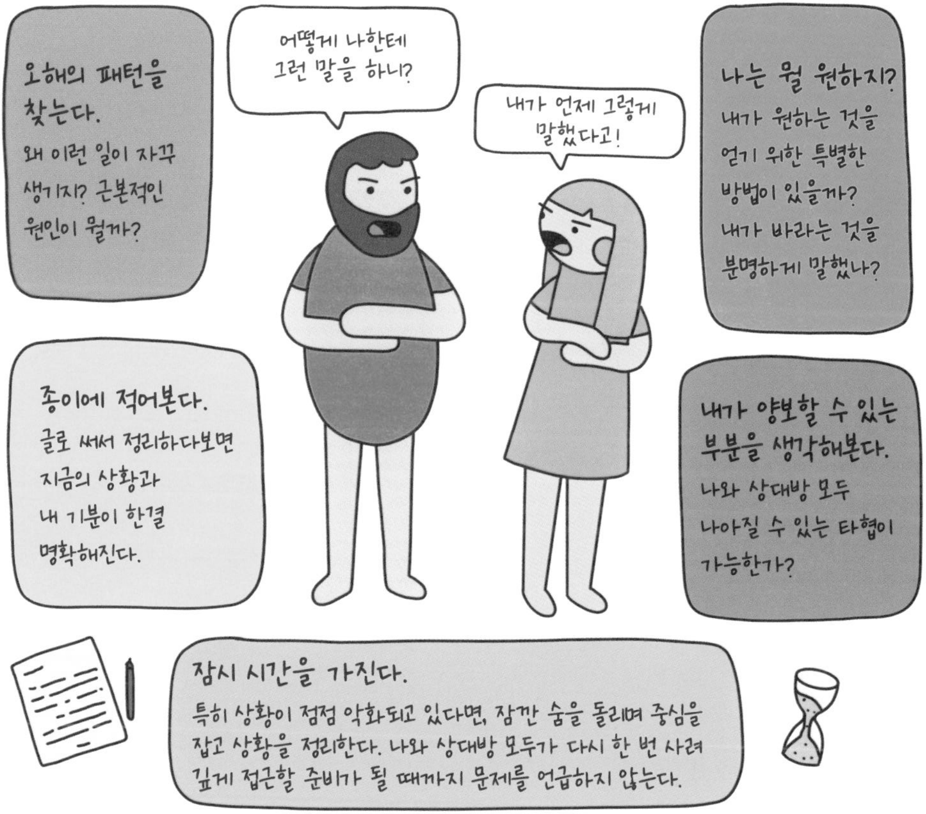

CHAPTER 8

오늘 나는 기쁨이 흘러 넘쳐

나는 '행복하다'는 말보다는 '기쁘다'는 말을 더 자주 한다. 왜냐하면 '행복'은 어딘가 부담스럽게 느껴지기 때문이다. 행복이란 것은 지속적인 상태, 혹은 지속적으로 유지해야만 하는 라이프스타일 같다.

반면 기쁨은 이에 비해 훨씬 일시적이라는 느낌이다. 기쁨은 좀 더 짧고, 밝은 불꽃같다. 내 삶을 일시적으로 밝게 빛내주고 곧 사라지는 불꽃.

하지만 이런 일시적임이야말로 기쁨을 더욱 소중하고 귀하게 만드는 것 아닐까?

일시적인 기쁨을 계속 만들어낸다면 얼마나 환상적일지 상상해보자.

지루한 일상과 황홀한 마법 사이의 극단적인 차이가 주는 아름다움은 얼마나 멋진가…

기쁨을 유리병에 담아놓고 싶어...

하지만 과연 좋은 일일까.

투자

경제적으로 자립하기 위해서는
뭐니 뭐니 해도
충동구매를 자제해야지!
이건 충동구매가 아니야.
이건 투자라고!
거대한 바닷가재 모양의
튜브가 어떤 점에서
투자인 거지?
이건 기쁨에
대한 투자라고!

~~이미 너무나 많은 아이템들~~
아무리 모아도 부족한 아이템들

여러분에게 기쁨을 주는 것들로 여러분의 일상과 주변을 채워보세요.

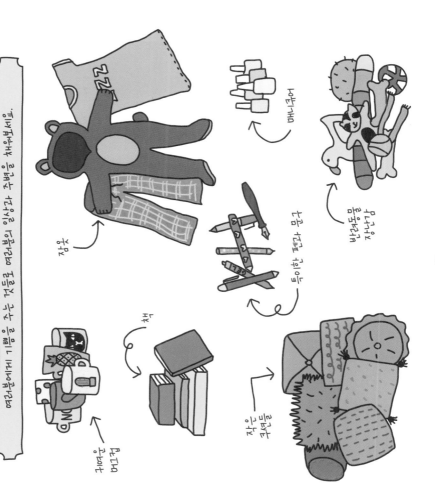

집

소소한 기쁨

냉장고에 먹다 남은
피자가 있다는 기억

우리끼리만 아는 농담

넷플릭스의 새로운 시리즈
몰아보기

책에 푹 빠져있을 때

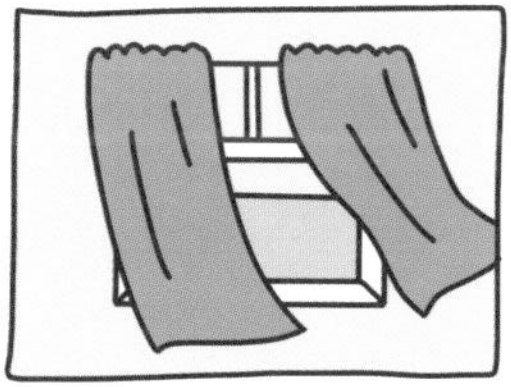

열린 창문으로 들어오는
신선한 바람

우편함에 들어있는 카드

내 반려동물의 우스꽝스러운
몸짓을 보고 있을 때

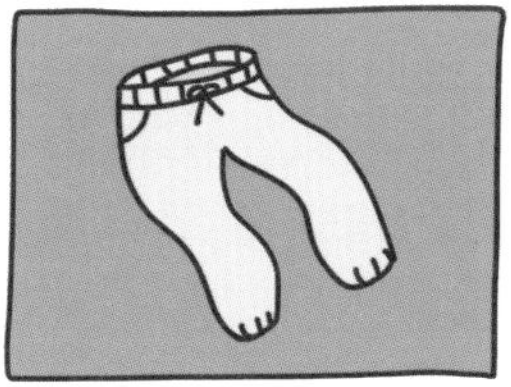

추리닝 바지를 입을 때

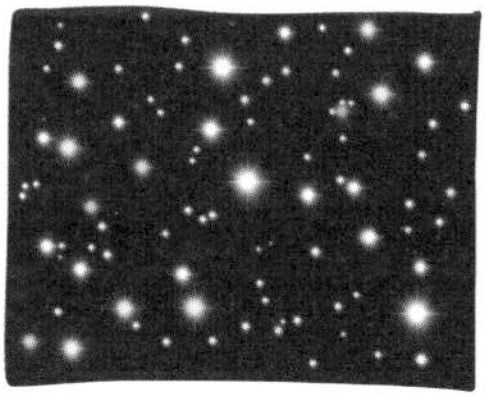

별이 빛나는 밤

사람들이 주말에 놀러 나가는 이유

내가 주말에 집에 있는 이유

기쁨을 불러오는 것들

텅 빈 엘리베이터
셀프-체크아웃 줄이
열렸을 때
초록색 신호등
기다리던
택배
약속이
취소될 때
대화를 나누다가
문득 서로 마음이 통해서
고개를 끄덕이는 순간

나의 완벽한 아침

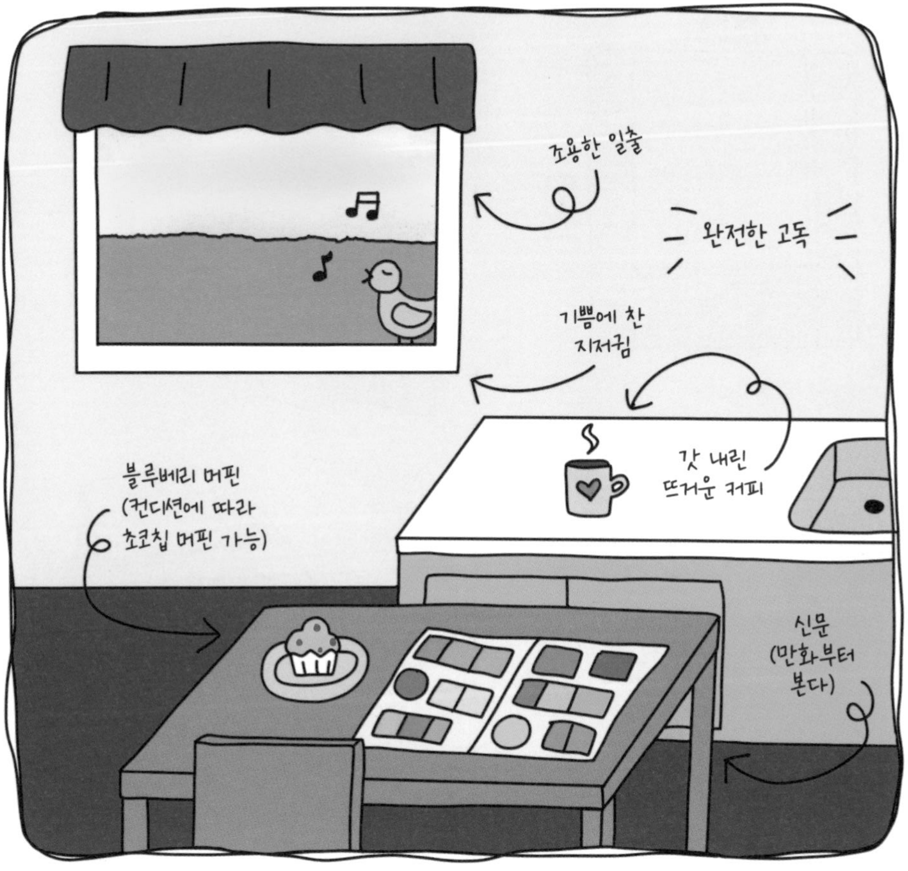
조용한 일출
완전한 고독
기쁨에 찬 지저귐
갓 내린 뜨거운 커피
블루베리 머핀 (컨디션에 따라 초코칩 머핀 가능)
신문 (만화부터 본다)

왜 밤을 사랑하는가

따스하게 반짝이는 창문 불빛
모두 잠든 집안의 고요
황홀해~
보드라운 잠옷으로 몸을 감싸는 기쁨
방해받지 않는 달콤한 시간

뜻밖의 순간에 찾아오는 기쁨을 사랑해...

CHAPTER 9

오늘 나는 무서워서 겁나

두려움은 진화가 남겨준 선물이다. 두려움은 나를 긴장하고 조심하게 해주며, 그래서 나는 무사할 수 있는 거라고! 내가 느끼는 무서움은, 내 몸의 위험을 인식하고 나에게 보내는 신호인 거야.

물론 이런 신호는 맹수의 위험을 알리는 경고는 아니야. 내가 해야 하는 일은, 최악의 상황과 불편한 상황을 구별하고 판단하는 것 정도지.

세상에는 나를 힘들게 만드는 불편한 상황들이 정말 많다! 공식적인 자리에서의 발표는 공포스럽지. 여행을 하다보면 종종 패닉에 빠지게 된다고. 낯선 사람에게 나를 소개하는 일은 그야말로 정신적인 고문이나 다름없어! 그래서 나는 자주, 내가 좀 달라지기를 빌어보기도 했다. 좀 더 용감한 사람이 되기를 말이지.

하지만… 이렇게 겁이 많으면서도, 여전히 포기하지 않고 노력한다는 것은… 그것만으로도 엄청나게 용감한 거 아닐까? 무서워하면서도 계속 한 발 한 발 내딛는 것은, 용기가 없으면 할 수 없는 일이잖아? 안 그래?

우리가 무서워해야 하는 것은
단 하나, 무서움 그 자체야.

이 멍청아.

얼마나 무서운가요?

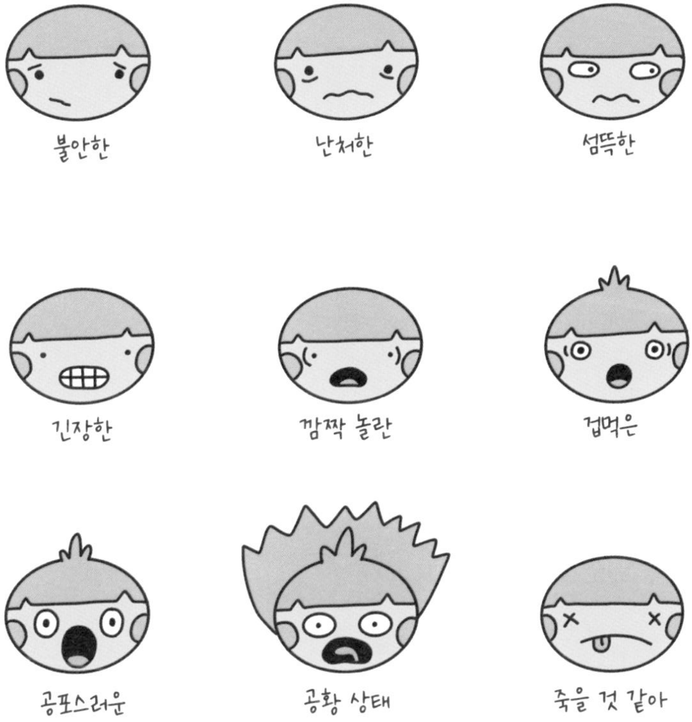

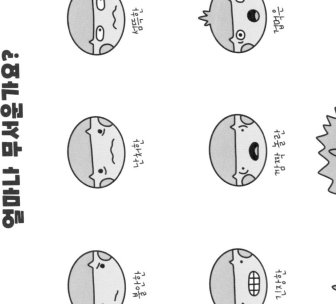

낯선 곳에서 긴장될 때, 재빨리 안전한 장소를 찾으면서
마음을 가라앉힌다.

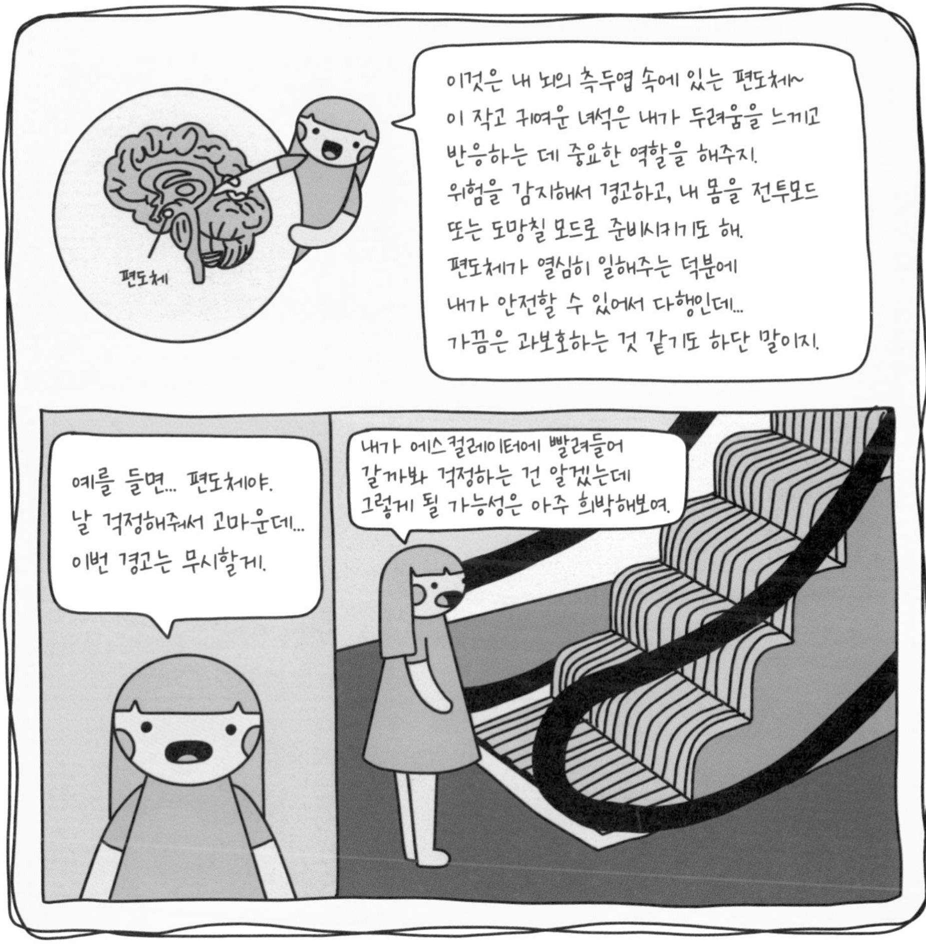
편도체
이것은 내 뇌의 측두엽 속에 있는 편도체~
이 작고 귀여운 녀석은 내가 두려움을 느끼고
반응하는 데 중요한 역할을 해주지.
위험을 감지해서 경고하고, 내 몸을 전투모드
또는 도망칠 모드로 준비시키기도 해.
편도체가 열심히 일해주는 덕분에
내가 안전할 수 있어서 다행인데...
가끔은 과보호하는 것 같기도 하단 말이지.
내가 에스컬레이터에 빨려들어
갈까봐 걱정하는 건 알겠는데
그렇게 될 가능성은 아주 희박해보여.
예를 들면... 편도체야.
날 걱정해줘서 고마운데...
이번 경고는 무시할게.

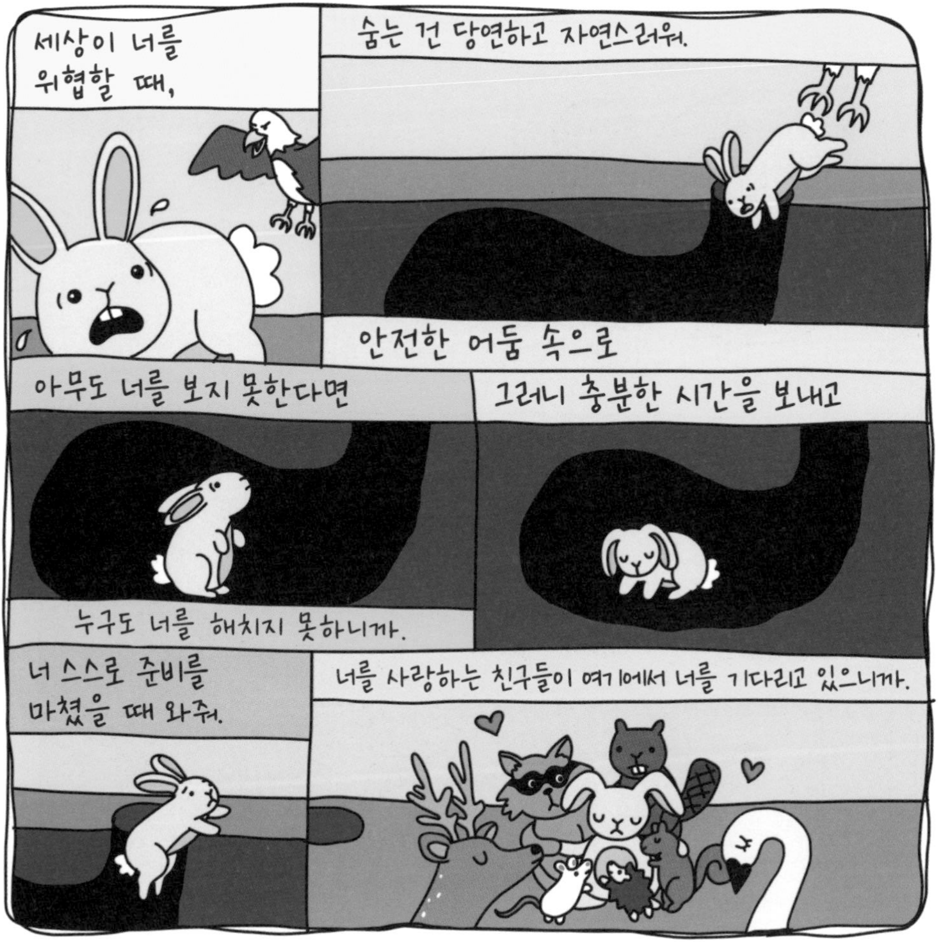
세상이 너를
위협할 때,
숨는 건 당연하고 자연스러워.
안전한 어둠 속으로
아무도 너를 보지 못한다면
누구도 너를 해치지 못하니까.
그러니 충분한 시간을 보내고
너 스스로 준비를
마쳤을 때 와줘.
너를 사랑하는 친구들이 여기에서 너를 기다리고 있으니까.

용기를 보여주는 작은 몸짓

어떻게 하지?

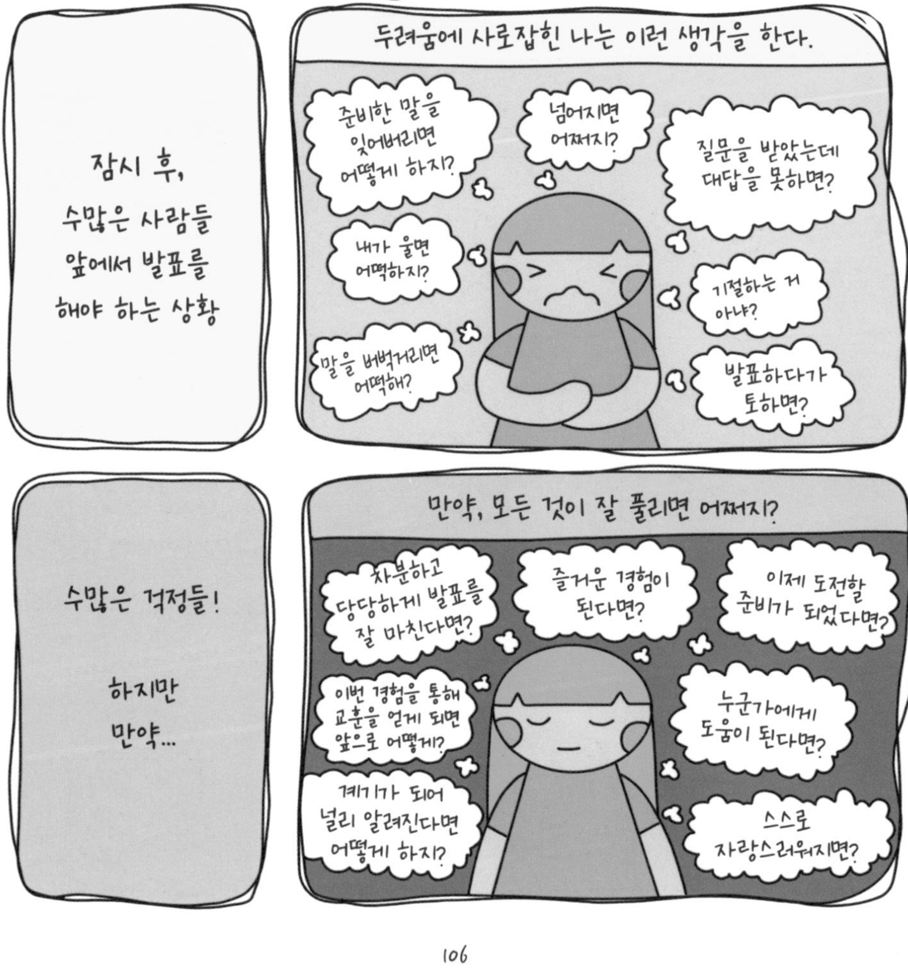
잠시 후,
수많은 사람들
앞에서 발표를
해야 하는 상황
두려움에 사로잡힌 나는 이런 생각을 한다.
준비한 말을 잊어버리면 어떻게 하지?
넘어지면 어쩌지?
질문을 받았는데 대답을 못하면?
내가 울면 어떡하지?
기절하는 거 아냐?
말을 버벅거리면 어떡해?
발표하다가 토하면?
수많은 걱정들!
하지만
만약…
만약, 모든 것이 잘 풀리면 어쩌지?
차분하고 당당하게 발표를 잘 마친다면?
즐거운 경험이 된다면?
이제 도전할 준비가 되었다면?
이번 경험을 통해 교훈을 얻게 되면 앞으로 어떻게?
누군가에게 도움이 된다면?
계기가 되어 널리 알려진다면 어떻게 하지?
스스로 자랑스러워지면?

겁나도 포기하지 않은 나에게

첫인상

얼핏 보면 무서운 것들이 있다.
좀 더 자세히 살펴보기 전까지는.
해피 할로윈~~~
첫인상으로 모든 것을 판단했다면
얼마나 많은 것들을 놓쳐버렸을까?
Chips

새로운 시도를 위한 가이드

어쩌면 당신은 이것을 앞으로 좋아하게 될지도 몰라요.

당신에게 기쁨과 충만함을 가져다줄지도 몰라요.
눈앞에 있는 두려움을 멀찍이 치워보세요.

당신이 갖고 있는 편견과 선입견을 잠시 내려놓아요.
열린 마음으로 시작해보아요.
하나씩 하나씩 경험해보아요.

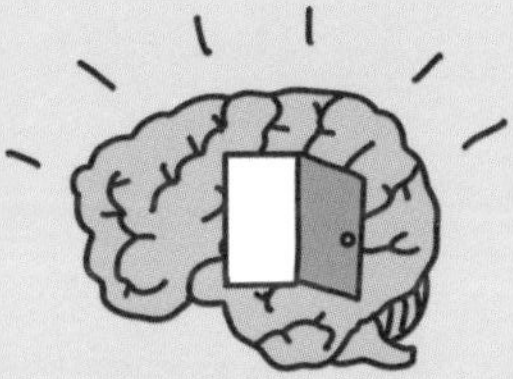

생각해보세요.
처음에
완전 최악
으로 시작했다면, 이제 점점 좋아질 일밖에 없죠.

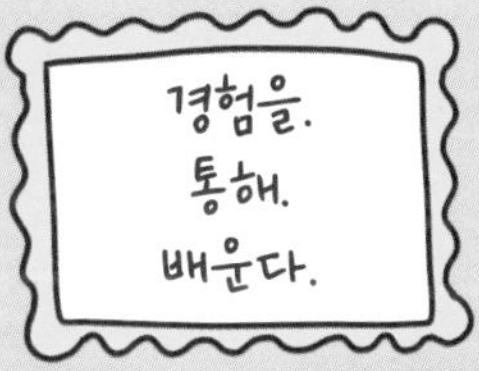

다른 사람과 비교하지 말아요.

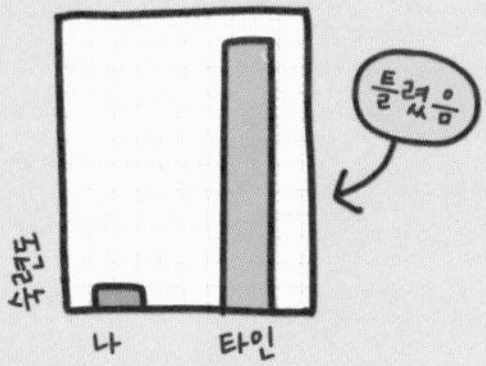

재능을 타고 난다는 것은 굉장한 일이죠, 하지만...

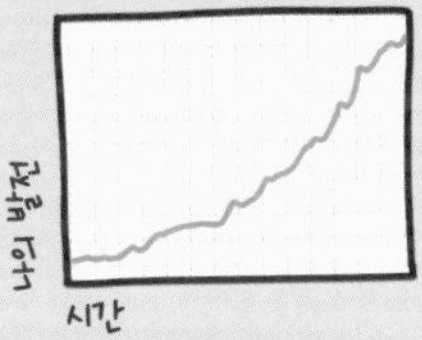

노력을 할 수 있다는 것도 굉장한 일이에요.
발전해가는 자신을 발견하는 것은 기분 좋은 일이죠.

기억하세요! 지금 시도한 새로운 것을 남은 평생 계속해야 하는 건 아니에요. 해보고 마음에 들지 않으면, 다른 시도를 하면 되지요. 바로 그 점이 새로운 시도가 멋진 이유예요!

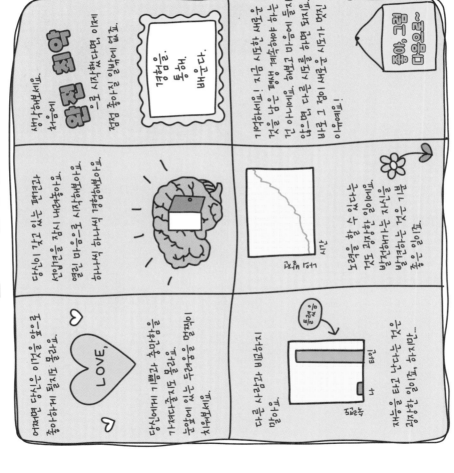

CHAPTER 10

오늘 나는 공감하고 있어

공감한다는 것은 굉장히 독특한 감정이라고 할 수 있다. 여기에는 타인의 감정에 대한 이해와 동조가 수반된다. 누군가와 연결될 수 있고 또 연민을 느낄 수 있는 능력은 아름다운 재능이다. 공감을 통해 우리는 이타적인 행동을 하게 되고, 인간관계를 유지하고 강화할 수도 있지.

나는 아파하거나 슬퍼하는 사람을 보면 돕고 싶은 마음이 생겨나곤 한다. 특히 정신적으로나 심리적으로 힘들어하는 사람들이 보내는 다양한 신호들이 아주 간절하게 느껴진다. 그런 신호를 읽을 때마다 마음이 너무 아프지. 하지만 어떻게 도와줘야 하는지 잘 모르기 때문에, 나는 그저 그들의 아픔을 함께 나눌 뿐이다. 세상을 구하고 싶은 마음, 한 사람을 돕고 싶은 마음은 나를 한없이 약하게 만든다.

그래서 나는 적극적으로 행동하기로 했고, 자살예방 교실과 정신건강 응급처치 프로그램에 참여했다. 이런 프로그램들에서는 제대로 듣는 법, 필요한 말을 하는 법, 그리고 도움이 필요한 사람들에게 어떻게 다가가야 하는지를 가르쳐주었다.

무엇보다 중요한 것은
다음과 같다.

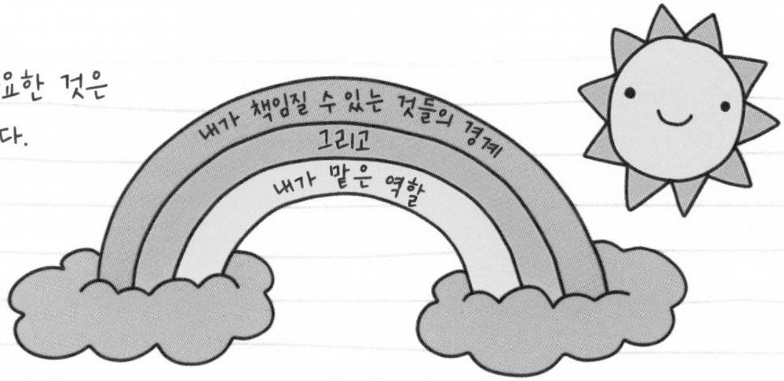

가엽게 여기는 마음을 품는 것은 괜찮지만, 절대로 그리고 결코 모든 사람의 아픔을 내 아픔인 양 받아들여서는 안 된다. 나의 공감능력이 도움이 되려면, 적절한 방향으로 초점을 두어야 해. 다시 말해 나의 노력 - 내 시간, 자원 그리고 감정적인 지원들 - 을 지속가능한 형태로 베풀어야 한다는 말이지.

그리고 나는 무거운 짐을 여러 사람과 나누게 될 때, 강력한 힘이 발생한다는 것을 발견했다. 예를 들면, 내가 난민을 위한 모금활동을 인터넷에서 시작했을 때, 나흘 만에 4,000달러가 모금되었다고! 100명이 넘는 사람들이 보여준 공감의 힘 덕분이었어! 내가 나 혼자서만 하려고 했다면 결코 보지 못했을 일이었지.

나는 말이 별로 없는 사람이야…
내가 조용한 성격이라서 불편하다고 느꼈던 적은 별로 없었어.
하지만 가끔은…
좋은 위로의 말을 할 줄 모르는 내가 너무 답답해…

당신의 진심은 어디에 있나요?

내 느낌으론...
내 생각에는...
내가 잘 알아.
나는 내가 잘 모르는 주제에 대해서도
강하게 의견을 표현하는 편이었다.
하지만 내가 관심을 가지게 되면서
나는 내가 모든 것을 안다는
누구도 통과할 수 없는
늑대와 함께 달리는 여인들
나는 여자가 아닙니까
마 호 메 트
무슬림으로 사는 미국여성
JUST LIKE
Bell Hooks
미안해.
확신을 버리게 되었다.

화상에 주의하세요

당연히 저 안으로 뛰어 들어가서
모두를 구하고 싶지!
하지만 주의 깊게 움직이면서
나 스스로를 먼저 보호하는 것이 현명해.
냉정함을 잃게 되는 그 순간,
내가 화상을 입게 될 테니까.
잊지 말아야 할 것! 내가 나를 희생해버리면
다음에는 누구도 도울 수 없다는 것!

지구의 수많은 문제들을 생각하다보면 무기력해지고 만다.
도대체 뭘 어떻게 해야 하지?

여기서부터 시작하자.

식물을 가꾸자. 작은 것부터 내 주변을 돌보는 일

* 신경을 쓴다 = 책임진다,가 아니다. 타인을 돕는 방법에는 여러 가지가 있다.

우리 강아지로부터 배운 공감능력

마음속에 담긴 감정을 말로 전하지
못한다고 해서 너무 걱정하지 마. 곁에
있어주는 것이 때로는 말보다도 힘이 되니까.

충고를 해주거나 문제를 해결하려고
나서지 않아도 괜찮아.
그냥 들어주기만 해도 충분해.

어쩌고저쩌고
어쩌고저쩌고 키코가
어쩌고저쩌고 어쩌고저쩌고
거기서 블라블라블라

상대방이 무슨 말을 하는지
제대로 이해하지 못해도 괜찮아.
그래도 위로해줄 수 있거든.

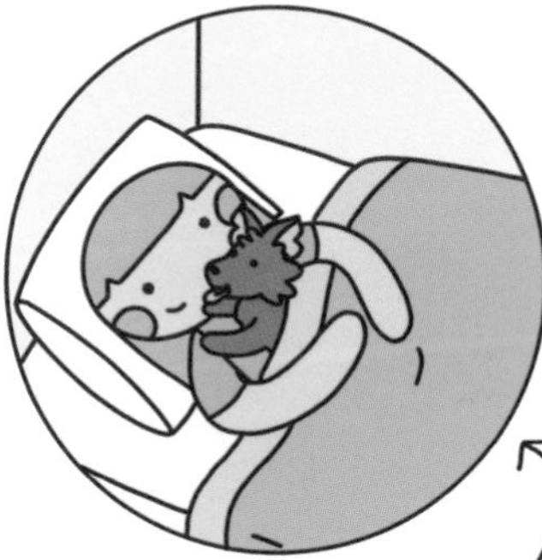

꼭 안아주는 것만으로도
마법처럼 위로가 돼.
(얼굴을 핥아주는 옵션도 좋아.)

아무도 내가 지금 겪고 있는 기분을 이해해 주지 못해. 그렇다고 해서 지금 내 상황과 감정을 설명하면, 사람들이 나를 비난할 거 같아서 무서워.
내가 좀 더 평범한 사람이면 좋겠어. '정상적인' 사람 말이야.
잠깐만, 내가 뭘 좀 만들어 봤는데...
우와! 나를 위해서 준비한 거야?!
나는 언제나
있는 그대로의
네가 좋아
아무것도
묻지 않을게
응! 전광판으로 세우려고 했는데 너무 비싸더라. 그래서 하드보드 종이로 만들었어.

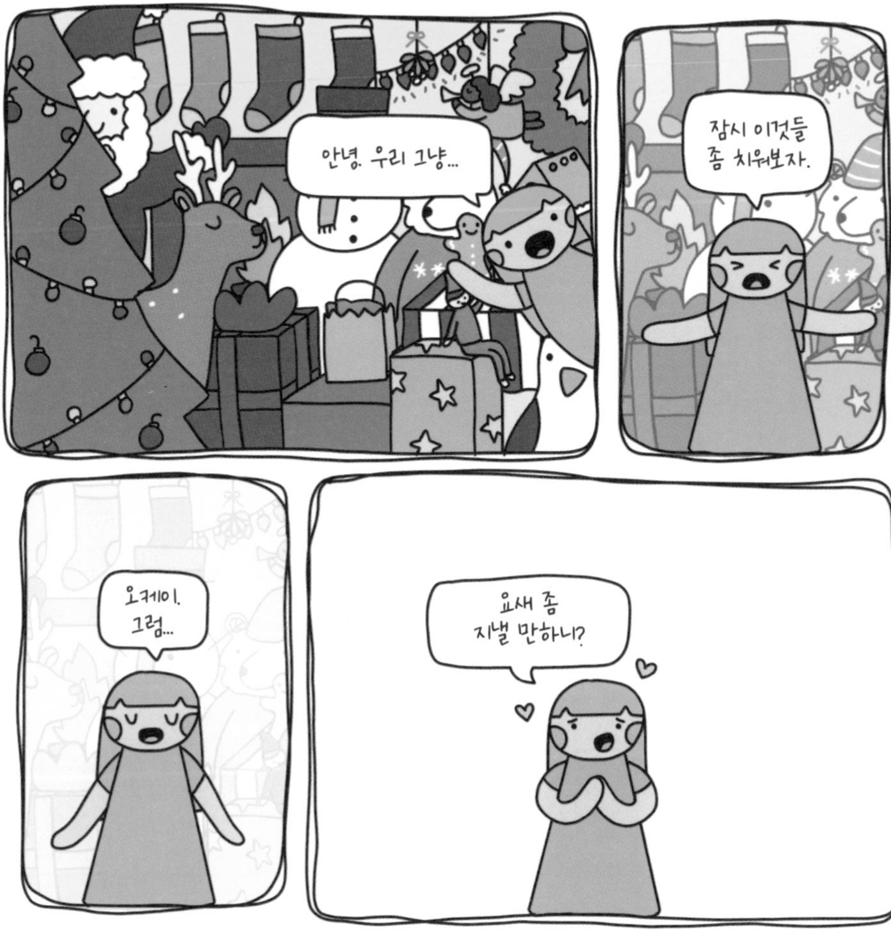
안녕. 우리 그냥...
잠시 이것들
좀 치워보자.
오케이.
그럼...
요새 좀
지낼 만하니?

치유의 시간

사춘기 시절에 나는 방황했고, 외로웠고, 슬펐다.
어른이 되고서도 몇몇 감정들은 여전히 내 안에 남았다.
하지만 그 덕분에 나는 청소년기의 나에게 어떤 어른이 필요했는지를 알게 되었고...
동생들을 위한 언니들의 상담소
그래서 지금은 타인을 돕는 시간을 통해 스스로를 치유하고 있다.

CHAPTER 11

오늘 나는 분노 폭발

어릴 적에 나는, 분노란 정말 나쁜 감정이며 '화'가 나려 할 때 그 즉시 멈춰야 한다고 배우며 자랐다. 다행히도 나는 자주 화를 내거나 분노하는 편은 아니었지.

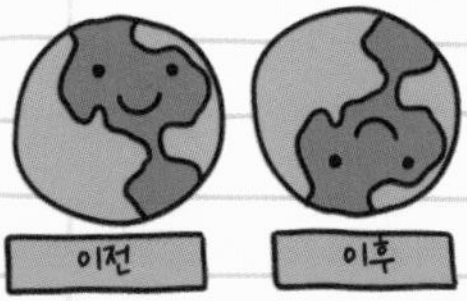

세상이 뒤집어지는 터닝포인트를 내 인생에서 만나기 전까지는, 그럭저럭 어린 시절의 가르침을 따를 수 있었어. 하지만 어느 순간부터 분노는 내 인생에서 사라지지 않는, 불편한 동반자가 되고 말았어. 그래서 나는 상담을 받으면서 어떻게 하면 분노를 없앨 수 있는지 알려달라고 간곡하게 물었는데...

정말 처음 듣는 이야기였어. 낯설고도 불편한 이야기였지. 내 안의 분노를 자각하고, 분노의 목소리에 귀를 기울이고, 내 몸을 분노에 맡기라니... 예전의 나라면 상상도 할 수 없는 이야기였어.

나는 내 안의 분노에 귀를 기울이는 방법을 찾아야 했고, 분노라는 감정이 내게 전달하는 것에 마음을 열었어. 분노가 내게 알려준 것은 다음과 같다.

1. 나는 제대로 된 대우를 받지 못했어.
2. 내가 정해놓은 경계선이 침범당했어.
3. 나는 이용당했어.
4. 나는 조금도 괜찮지 않아.

분노는 나 스스로를 지키고, 부정적인 상황에서 벗어나야 한다고 알려주었지. 그리고 내가 나를 사로잡고 있는 분노와 그 원천에 대해 파악하게 되면서부터 분노는 점차 수그러들기 시작했어.

물론 여전히, 나는 종종 분노를 느껴. 하지만 이제 나는 분노라는 감정은 내가 고쳐야 하는 단점이나 잘못된 것이 아니라는 것을 알고 있어. 분노란 마치 흔들리는 빨간 깃발 같은 거야. 깃발이 보내는 경고를 알아차려야 해.

나의 영역이 침범 당했다 그리고 무언가 조치를 취해야 해

어떻게 그런 말을 할 수 있지?
어떻게 나한테 그래? 따끔하게 한마디 해줘야겠어!
격분한 나머지 무시무시해진 내 모습을 보아라!!!
뭐라고?
어- 어-
아이고~ 이런. 속상해하지 마. 안아줄까?
* 훌쩍훌쩍 *
속상한 게 아니야! 화가 났다고!
내가 얼마나 *흑흑* 분노했는지 똑바로 봐!

나의 분노 지수

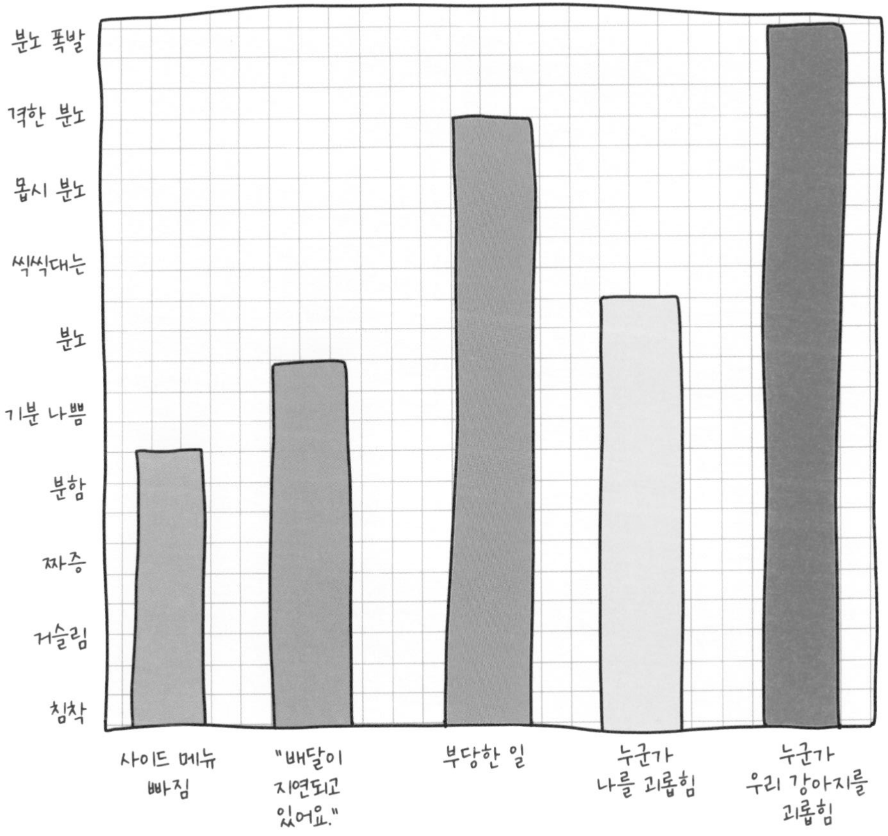
분노 폭발
격한 분노
몹시 분노
씩씩대는
분노
기분 나쁨
분함
짜증
거슬림
침착
사이드 메뉴 빠짐
"배달이 지연되고 있어요."
부당한 일
누군가 나를 괴롭힘
누군가 우리 강아지를 괴롭힘

튀는 존재

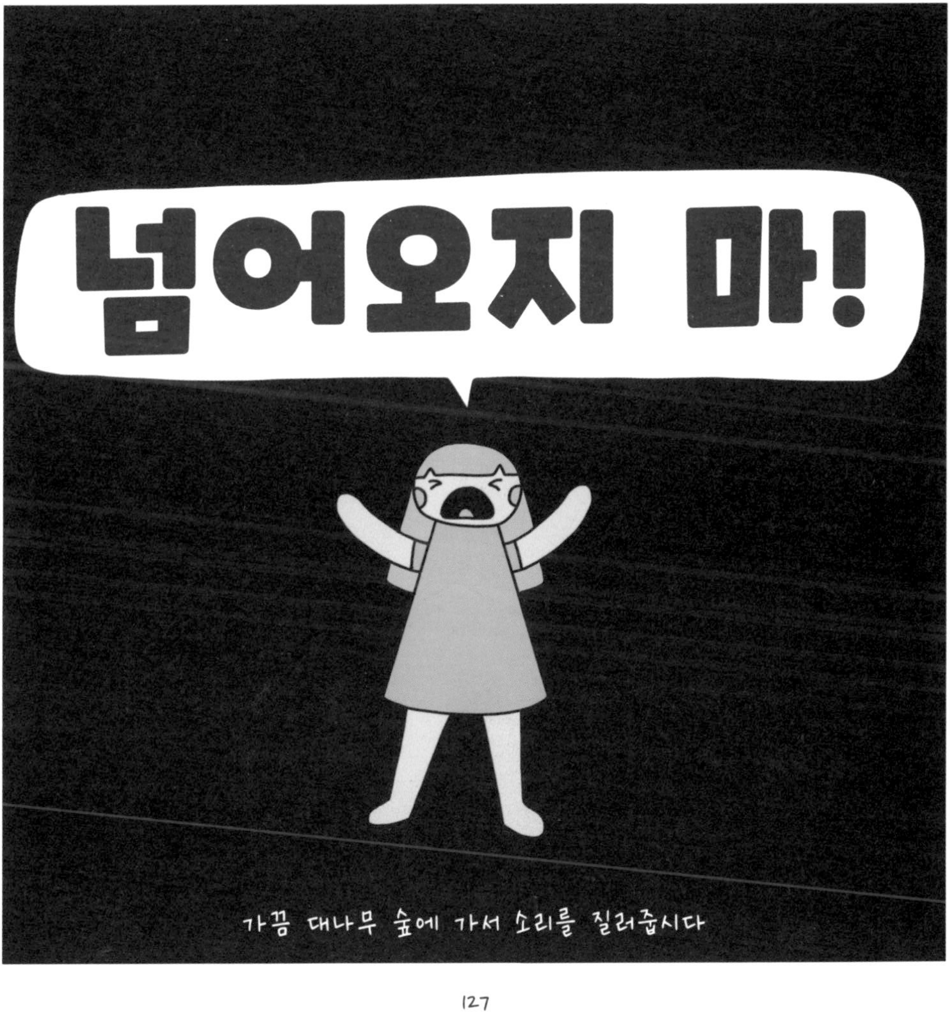
넘어오지 마!
가끔 대나무 숲에 가서 소리를 질러줍시다

분노의 형태

마치 물처럼,
분노는 다양한 형태로
나타난다...

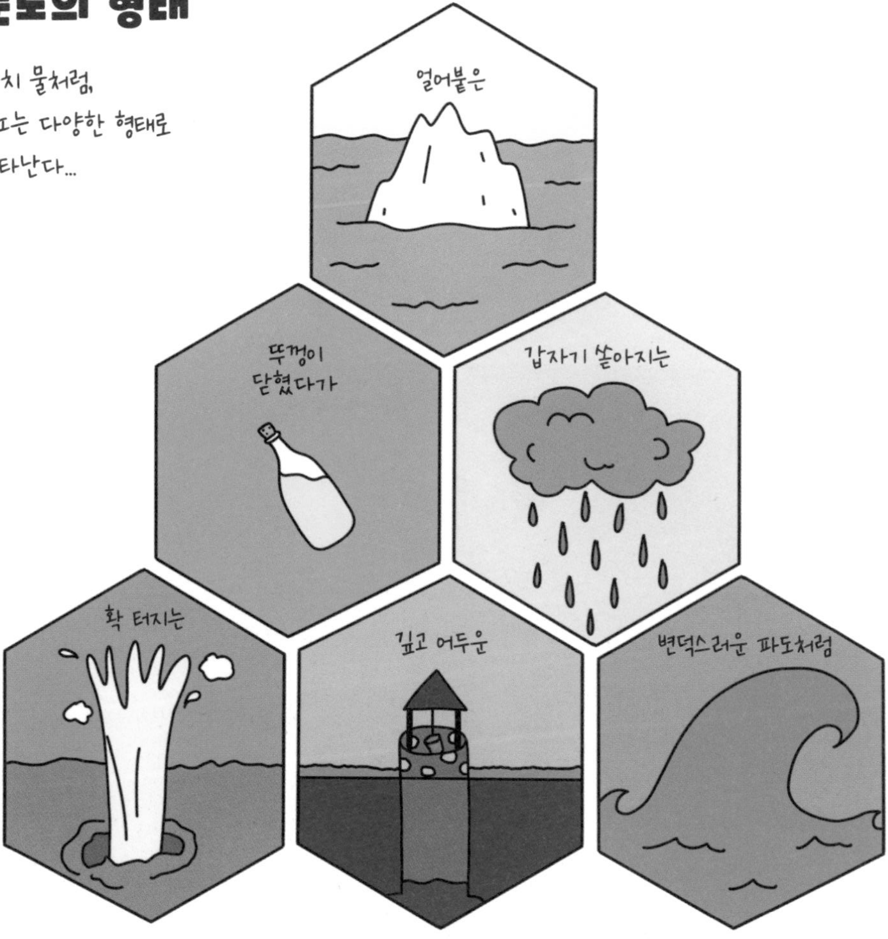

내가 분노를 터뜨리는 방법들

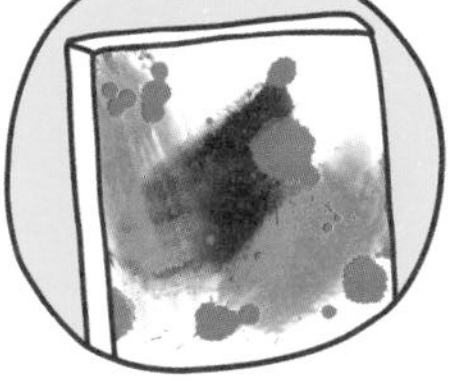

그림으로 표현한다

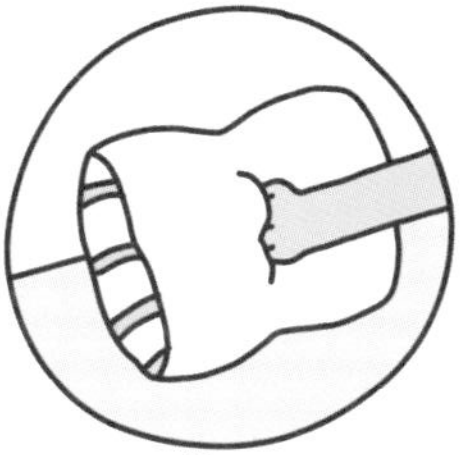

베개를 때린다

우리 강아지에게 전부
털어 놓는다

감정을 듬뿍 담아서
주먹을 휘두른다

강한 표현을 담아서
편지를 쓴다

채소를 썬다

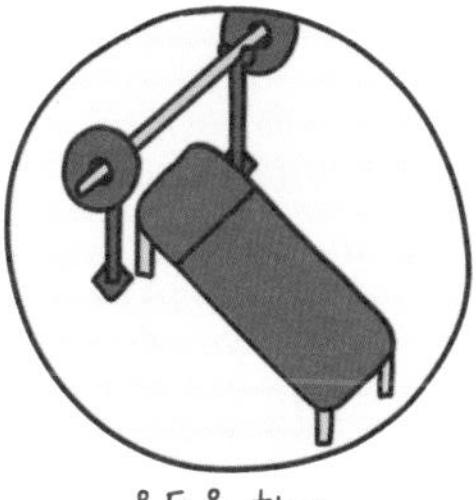

운동을 한다

우리 강아지가 그 집의
잔디밭에 응아를~

상담 받는다

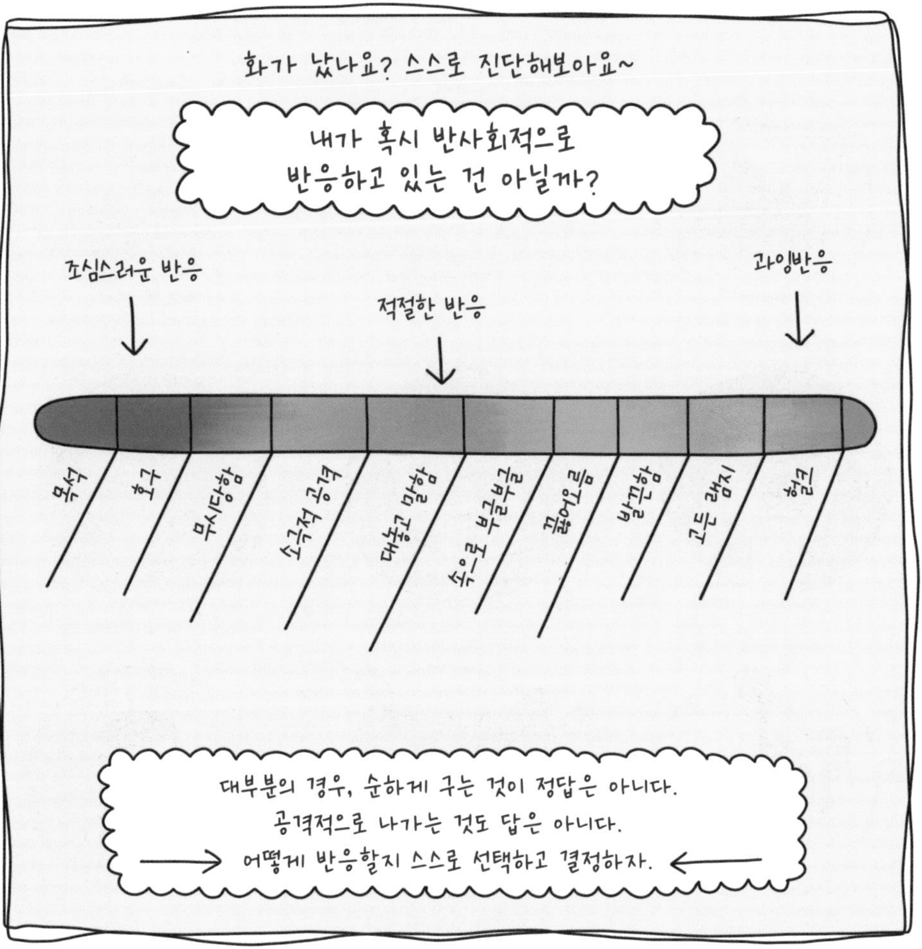
화가 났나요? 스스로 진단해보아요~
내가 혹시 반사회적으로
반응하고 있는 건 아닐까?
조심스러운 반응
적절한 반응
과잉반응
목석
호구
무시당함
소극적 공격
대놓고 말함
속으로 부글부글
끓어오름
발끈함
고든 램지
헐크
대부분의 경우, 순하게 구는 것이 정답은 아니다.
공격적으로 나가는 것도 답은 아니다.
어떻게 반응할지 스스로 선택하고 결정하자.

언박싱

근데... 가방에 뭐가 들었나요?
오, 이거 좀 오래된 건데?
상담사
항상 갖고 다니는 것들이에요.
그렇군요. 뭐가 들었죠?
상담사
음, 그러니까...
지갑, 꽉꽉 누른 분노,
오래된 억울함,
터뜨리지 못한 화,
그리고 다이어트바
두어 개요.
흠. 마침 잘 됐네요. 상담하는 김에 몇 개 좀 열어볼까요?
잠시 후
좀 가벼워진 것 같아요?
화
억울함
상담사
분노
네, 그러네요. 근데 지갑은 이리 주세요.
화
억울함
상담사
분노

잘 모르는 이야기를 함부로 하면...

새들은 지능이 떨어져. '새대가리'라는 말이 '멍청이'라는 뜻으로 쓰이는 이유가 뭐겠니?

이내, 화가 난 무리에 둘러싸이게 된다.

나는 이런 상황에 끼어들기 전
아래와 같은 질문을 해보는 편이다.

- 저 사람의 목적은 뭘까?
- 혹시 저 사람의 습관적 행동이거나 생각 없이 저지른 실수였을까?
- 저 사람을 고쳐 쓰려면 넘어야 할 산이 몇 개나 될까?
- 저 사람과 우리가 함께하게 되면 내가 얻는 게 뭘까?

내 선택이 무엇일지라도, 나는 성숙한 시민의식을 유지하려고 노력한다.
내 기분을 상대방에게 전달하려고 인신공격이라는 최후의 수단을 쓸 필요는 없으니까.

세상을 바꾸는 분노의 힘

세상에는 가치 있는 분노도 있다.

생산적인 분노는 긍정적인 변화를 불러일으킨다.

CHAPTER 12

오늘 나는

고마움이 한가득

나와 상담사의 만남은 대체로 이런 식이다.

상담을 시작할 때

일단, 모든 문젯거리를 터뜨린다. 감정도 전부 쏟아낸다. 분노, 슬픔, 혼란, 두려움까지. 상담 선생님은 내 말을 듣고, 내가 극복할 수 있도록 도와준다.

그리고 항상 이렇게 말하지.

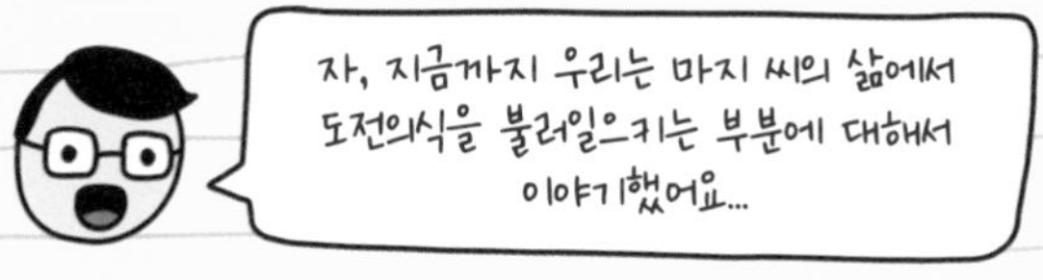

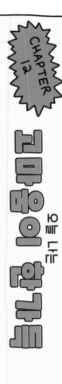

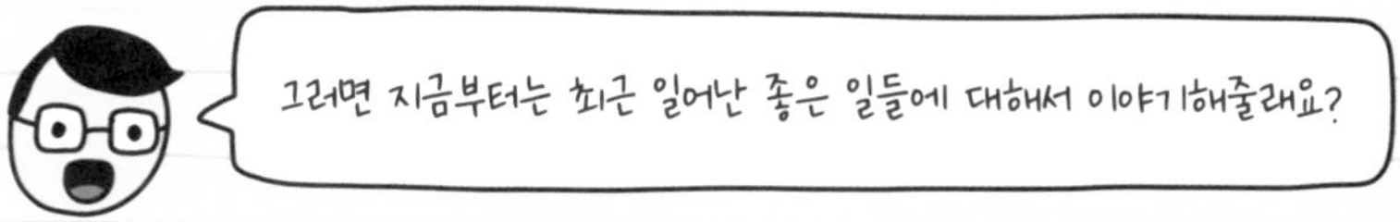

이렇게 내가 불만과 좌절을 표현하고 나면, 우리의 대화는 전환점을 지난다. 처음에는 쉽지 않았지만, 일단 한 번 고마운 것에 대해 생각해보기 시작하면 나는 제법 잘 찾아내는 편이야.

내가 겪고 있는 어려움을 외면하지 않고 있는 그대로 받아들이면서도 충분히 감사함을 느낄 수 있어. 나를 힘들게 하는 것이 무엇인지 인식하면서, 동시에 내게 도움을 주는 것을 발견하고 고마워할 수 있으니까. 고마움이란 단지 감정만이 아니라, 하나의 관점이고 습관이기도 한 것 같아.

주위에서 고마워해야 한다고 강요하는 순간이 너무 싫다.

추수감사절이 되면,
가족 모두 식탁에 모여 앉아
각자 돌아가면서 감사한
일들을 말하는 우리 집안의
전통이 있었다.
앞에서 나온 말은
반복 안 돼!
나부터 할게.
난 우리 가족의
화목함에 감사해.
나는 건강해서
감사해.
다들 쉬운 대답으로 시작했다.
이 나라에서 살아가고
있어서 감사해.
나에게 직업이
있음에 감사해.
내 반려동물에게
감사해!
내가 생각해낸 아이디어들은,
하나같이 누군가가 먼저
말해버렸다.
친구들이 있어서 감사해.
집이 있어서
감사해.
마침내 내 차례가 되었을 때,
순간 나는 패닉에 빠졌지.
발톱에 났던
무좀이 사라져서
감사합니다!
그렇게 우리 가족의
추수감사절 전통은
막을 내렸다.

고마워요...

내가 파일 바인더를 떨어뜨렸을 때, 나를 도와줬던 이름 모를 소년

내가 좋아할 것 같은 책을 따로 빼두었던 도서관 사서 선생님

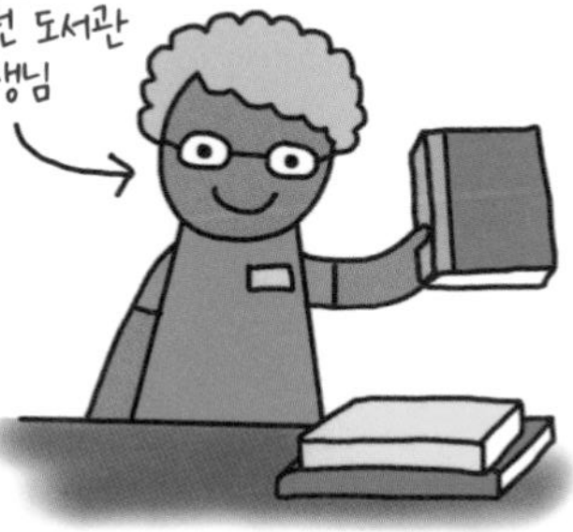

내가 모든 사람들 앞에서 줄넘기 실습을 하는 대신, 리포트로 대체할 수 있도록 해주신 체육 선생님

단 한 번도 나를 이상하게 여기지 않고 내 질문에 답해준 시리

내 강아지가 고마운 이유

나를 볼 때마다 반겨준다.
안녕 아가, 언니 왔어~
기뻐 기뻐 기뻐
매순간 나를 보호한다.
진정해! 이 분은 우리에게 엄청 기쁜 소식을 전해 주러 오셨다고!
그르릉
PIZZA
내 기분을 이해한다.
나를 웃게 해준다.
최고의 포옹을 해준다.
발바닥의 분홍 젤리가 내 심장을 살살 녹인다.

내 마음이 머무는 장소들

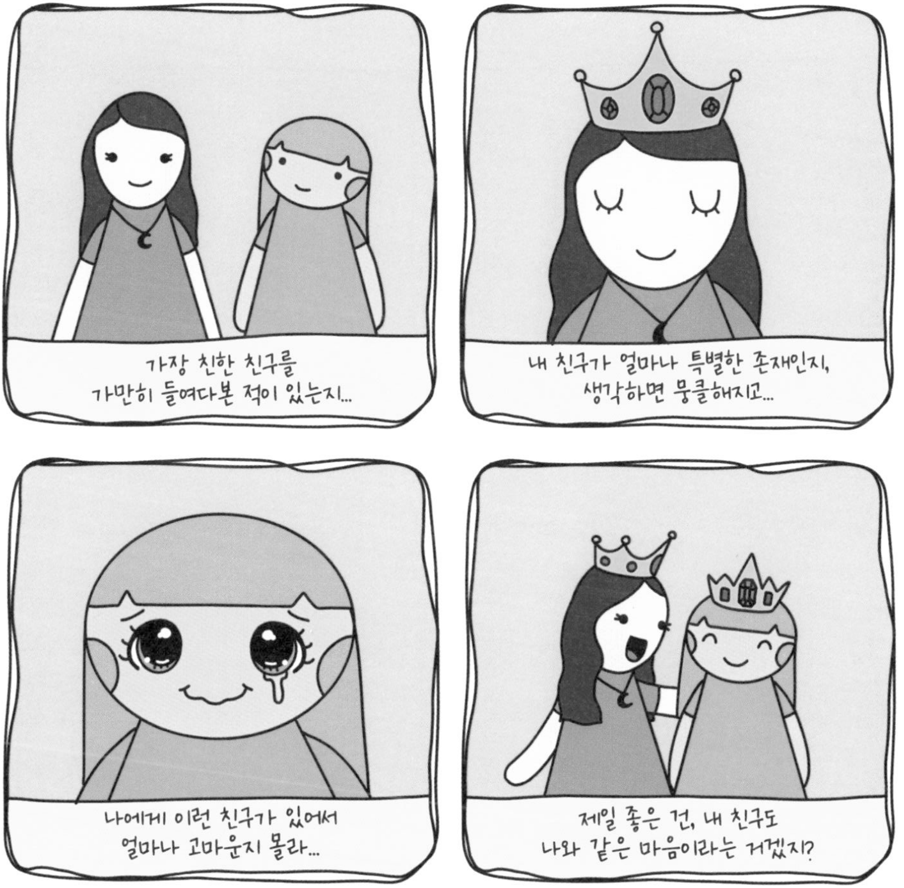
가장 친한 친구를
가만히 들여다본 적이 있는지…
내 친구가 얼마나 특별한 존재인지,
생각하면 뭉클해지고…
나에게 이런 친구가 있어서
얼마나 고마운지 몰라…
제일 좋은 건, 내 친구도
나와 같은 마음이라는 거겠지?

당신은 어떤 것에 고마움을 느끼나요?

* 해당되는 것에 전부 표시하세요.

☐ 신축성 있는 바지	☐ 가족
☐ 음악	☐ 반짝이는 글리터
☐ 비 오는 날	☐ 에어컨
☐ 인터넷 동영상	☐ 아기 동물 동영상
☐ 벤치	☐ 낮잠
☐ 향수	☐ 바다
☐ 미술 재료	☐ 의료기술
☐ 초콜릿	☐ 와이파이(Wi-Fi)
☐ 좋은 대화	☐ 달빛
☐ 고요함	☐ 콸콸 나오는 뜨거운 물
☐ 갓 깎은 잔디	☐ 강아지나 고양이
☐ 인스타그램	☐ 휴일
☐ 아기고양이	☐ 문자메시지
☐ 화장실용 휴지	☐ 실내 화분
☐ 치킨 너겟	☐ 치즈
☐ 중고 물품 판매(garage sales)	☐ 비디오 게임
☐ 선생님	☐ 색채
☐ 전나무	☐ 용서

어쩌다 뭔가 잘못되고 나면... 그 후로는
당연하게 여기는 것들에 대해 새삼 고마움을 느끼게 된다.

내가 감사하게 생각하는 것들 (힘들고 지친 날에도 감사해)

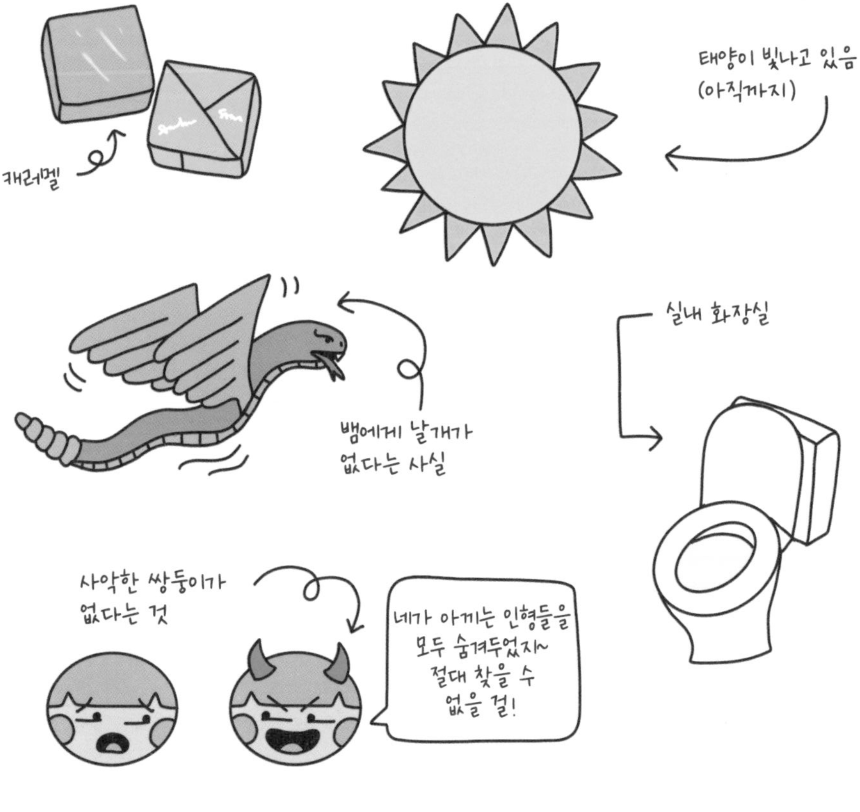

소소한 순간들

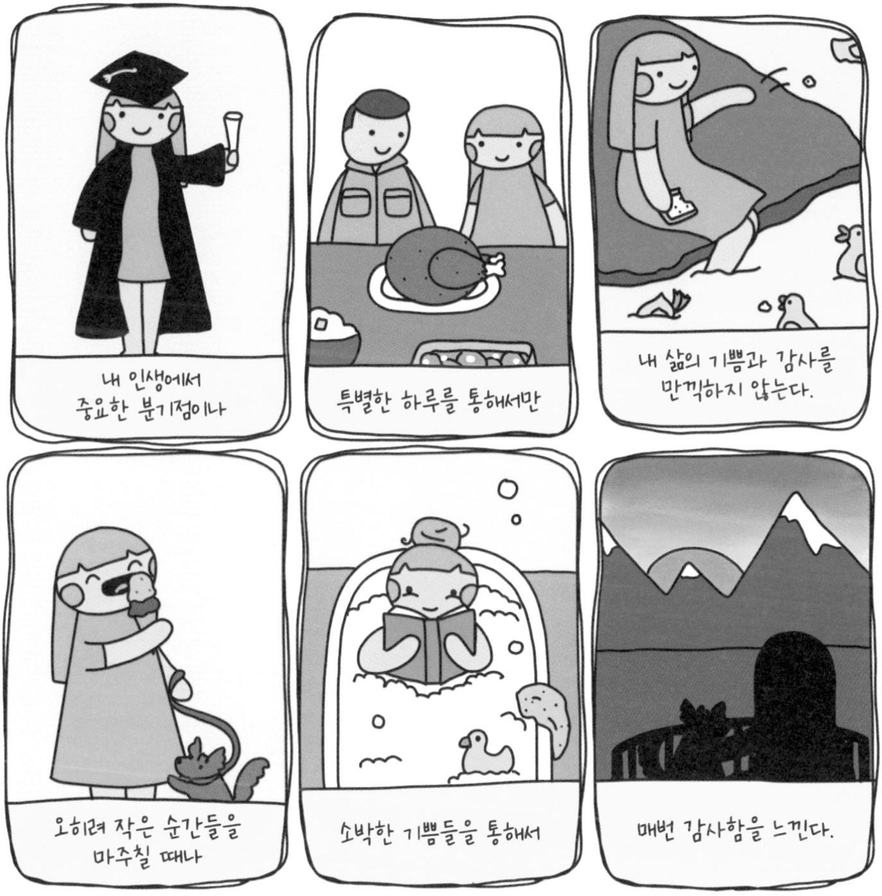

내 인생에서
중요한 분기점이나
특별한 하루를 통해서만
내 삶의 기쁨과 감사를
만끽하지 않는다.
오히려 작은 순간들을
마주칠 때나
소박한 기쁨들을 통해서
매번 감사함을 느낀다.

CHAPTER 13

오늘 나는 평화로워

오랫동안, 이런 생각을 계속 해왔다.

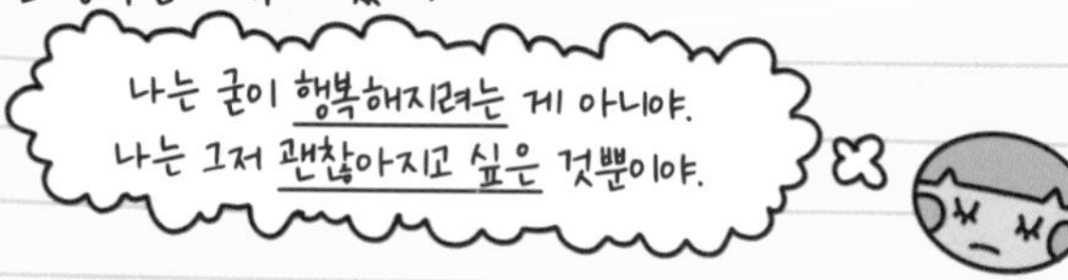

나는 정말로 간절하게 '평화'를 원했지만, 알고 보니 평화는 찾기 어려운 거였다. 답을 찾고 싶어서 책을 읽고, 교회를 가고, 여러 사이트도 뒤져보았지. 물론 그 과정에서 꽤 괜찮은 적도 있었지만 내가 원하던 평화는 찾지 못했어.

그래서 효과가 있다고 추천받은 활동들도 해보았다고. 요가, 명상, 자연과 가까워지는 활동들. 그런 것들은 나름의 효과는 있었지만 내게 평화를 가져다주지는 못했어.

나는 점점 좌절감이 커져갔어. 평화로움을 찾아서 노력하면 할수록, 오히려 더 스트레스를 받았으니까! 왜 나에게는 이 모든 것이 '부자연스럽게' 느껴졌을까?

그러다 시간이 지나면서 나는 조금씩 깨닫게 되었어.

나에게 평화란 무엇보다 **균형**의 문제라는 것을.

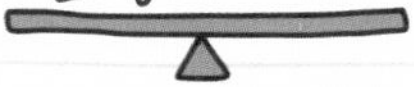

내 내면의 믿음들이 나의 실제 행동과 조화를 이룰 때,

나에게 평화가 찾아왔지. 예를 들면 아래와 같은 순간들 말이야.

- ☑ 스스로를 인정해준다.
- ☑ 나를 건강하게 하는 선을 지킨다.
- ☑ 솔직하게 말한다.
- ☑ 좋은 사람이 되려고 노력한다.

평화가 사라졌다고 느껴질 때면,

나는 내 일상을 돌아보며 스스로 이런

질문을 해본다.

> 어디서 균형이 깨졌지?
> 내가 어떻게 해야 안정된 평형 상태를
> 되찾을 수 있을까?

내 또래 친구들

명상

좋아! 지금부터 명상 어플을 켜고, 내면의 평화를 마주하며 마음을 다잡도록 하자!
당신의 마음속에 떠오르는 잡다한 생각들을 치워주세요...
간단하네. 청소를 개시해볼까.
명상 앱
싹싹 싹싹
흠...
야호!
잘 있어라, 호구야!
또 당했군.

게으름

지금부터 겨울잠 시즌
나만의 은신처에서
웅크리고 있어야지

마지가 왔어~
내 친구들은 파티를
정말 자주 연다.
치즈를 좀 가져왔어. 오! 이런.
음식, 음악, 대화들~
정말 대단해!
나를 초대해주는 마음이
참 고맙다고 생각해.
하지만 가끔씩, 나는
살짝 빠져나가서
고요함의 가치를 이해하는 누군가와 함께 시간을 보내지.

꼼짝할 수가 없네. 강아지가 나한테 기대고 있잖아.
꼼짝할 수가 없네. 인간이 나한테 기대고 있잖아.
그리하여, 그들은 그대로 움직이지 않았다.

일요일

시나몬롤을 먹는 날!
낮잠을 엄청나게 자는 날!
재미있게 노는 날!
스멜리 캣, 스멜리 캣...
드라마를 몰아보는 날!
됐어.
아무하고도 통화하지 않는 날!
Napping a fun day!
나는 일요일을 정말 사랑해.

뭔가 좀 '엉망진창'이라고 느껴질 때면, 나는 아래의 네 가지 영역 중에서 무엇을 놓치고 있는지 점검해본다.
어떻게 해야 다시 균형을 되찾을 수 있을까?

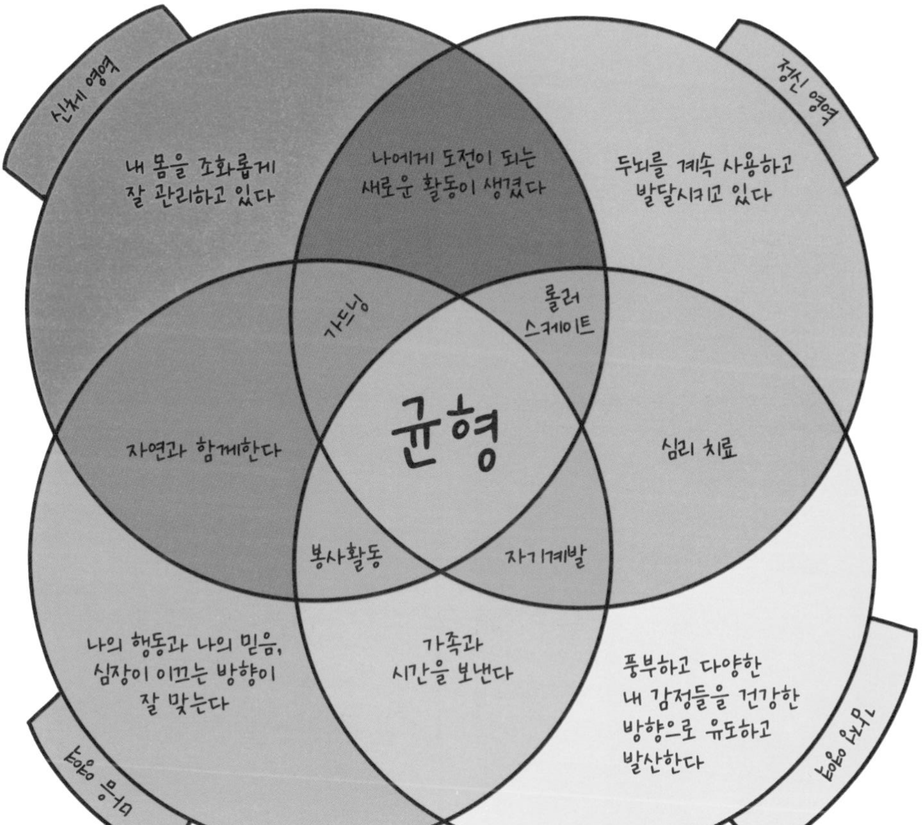

깊은 밤

나에게 평화를 주는 것들

* 당신과 내 생각이 달라도 괜찮아요~
평화를 주는 것이라면 그게 뭐든지 나만의 리스트로 만들어보세요.

CHAPTER 14 오늘 나는 슬퍼요

솔직히 말해보겠다. 난 슬픈 게 싫다. 어떻게 생각을 해보아도, 슬픔이라는 감정은 도무지 장점을 찾기 어렵다. 하지만 슬픔이 중요한 감정이라는 것은 분명하지. 나는 여기에 대해서 오랫동안 고민해보았고, 슬픔에는 이런 의미가 있다고 생각하게 되었다.

- ☑ 나 자신에게 솔직해지면, 그리고 내 감정에 솔직해지면 나의 슬픔도 깨닫게 된다.
- ☑ 내 기분에 대한 일방적인 판단을 멈춘다. 판단을 멈추고 기분과 감정을 인정한다.
- ☑ 내가 느끼는 슬픔을 숨기거나 회피하지 않고 마음껏 이야기한다.
- ☑ 슬픔을 회복해야만 하는 기한은 따로 정해두지 않는다.

감정적으로 아프거나 상실감을 느꼈을 때 슬퍼하는 것이 당연한 반응이라는 것을 깨닫게 되면서부터, 나는 슬픔이란 감정을 좀 더 잘 감당할 수 있게 되었다.

돌처럼 굳어진 심장 :
튼튼하고, 차갑고, 딱딱하다.
별로 쓸모가 없다.

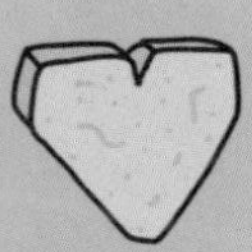

건강한 심장 :
쉽게 다친다. 하지만
공감과 사랑의 능력이 있다.

말하자면, 슬픔으로 인해 내 심장이 찢어질 듯이 아프다면, 역설적으로 내 심장이 정상적으로 자신의 역할을 하는 중이라고 이해하게 된 거야. 내 안에 있는 배려심의 증거라고나 할까.

슬픔을 부끄러워할 이유는 전혀 없어. 단지, 지금 내가 좀 힘든 상황이라는 것만 받아들이면 그것으로 충분해. 다른 감정들이 다 그렇듯이 슬픔이라는 감정 또한 지나갈 거야. 그리고 그 감정이 지나갈 때까지, 좀 슬퍼해도 괜찮아.

(참고: 일상을 위협할 만큼 반복적으로 지속되는 슬픔은 우울증의 가능성이 있습니다. 의사 또는 상담사를 만나보세요. 반드시 도움을 청하세요.)

너 또다시 조금씩 슬퍼지고 있구나, 그치?
응.
흠. 개그 프로그램 볼래?
산책 나갈까?
괜찮아.
아니.
저녁에 친구들하고 만나서 놀까?
내가 저녁식사 요리할까?
별로야..
배 안 고파.
그럼... 대체 뭐가 필요한데?
그냥 좀 슬퍼하게 해줘.

다양한 종류의 슬픔

거절

회상

비탄

외로움

소설 (하지만 현실적인)

실연

상실 또는 실패

실망
(누군가가 나를 실망시킬 때)

실망
(나 자신에게 실망할 때)

이름과 각자
하고 있는 일을
소개해주세요.
제 이름은 조,
영업을 합니다.
제 이름은 앤지,
유치원 교사예요.
제 이름은 지나, 구조견
교육을 하고 있죠.
제 이름은 마지,
사람들을 실망시킵니다.
제가 좀 그런 걸요.

우울한 날의 무드

목적 없이 드라이브

시집 읽기

단조로운 색조의 옷

고전 영화들

커피숍의 제일 구석 테이블

오래된 사진 앨범

일기 쓰기

천장 바라보기

바이올린 선율

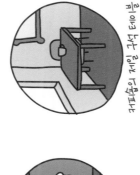

와우, 오늘 화장 정말 잘됐다! 그렇게 스모키하게 눈화장하는 법 좀 알려줘~
자고 일어나니까 이렇게 됐더라고.
응, 그렇겠지.
울다가 잠들었더니 마스카라가 다 번진 거야.

* 흑흑흑흑 *
이제 됐어.
이제 다 흘린 것 같아.
세상에, 다행이다!

슬픈 사람을 더 힘들게 하는 말들

다친 마음을 수선하는 법

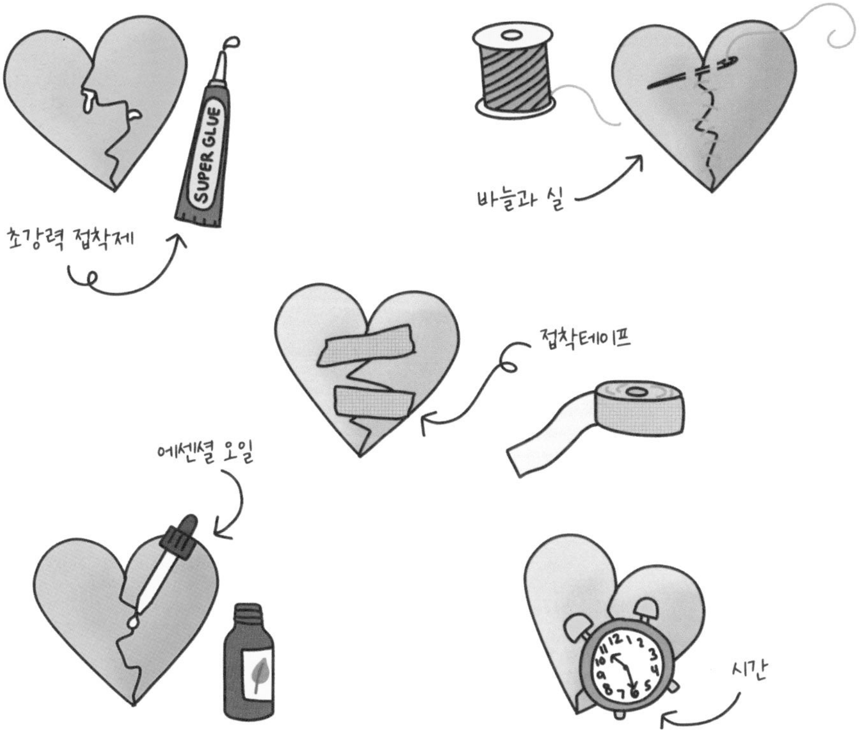

* 사람에 따라 다를 수 있습니다.

슬픈 하루를 마무리하는 나만의 방법

폭풍우 치는 날씨

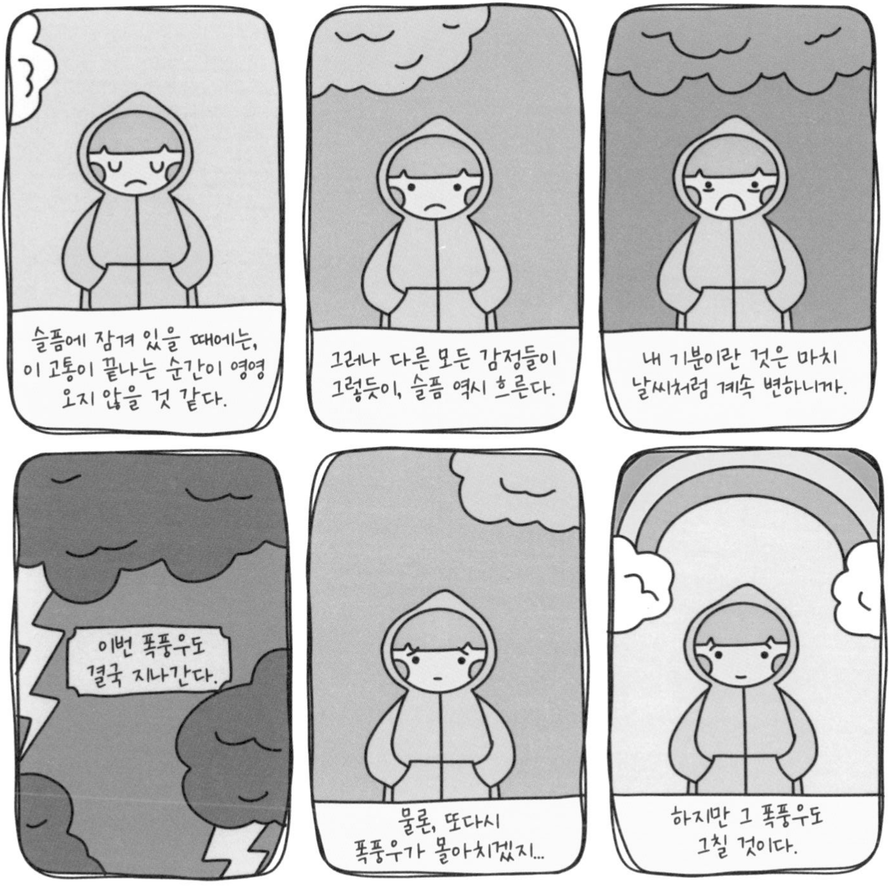
슬픔에 잠겨 있을 때에는,
이 고통이 끝나는 순간이 영영
오지 않을 것 같다.
그러나 다른 모든 감정들이
그렇듯이, 슬픔 역시 흐른다.
내 기분이란 것은 마치
날씨처럼 계속 변하니까.
이번 폭풍우도
결국 지나간다.
물론, 또다시
폭풍우가 몰아치겠지...
하지만 그 폭풍우도
그칠 것이다.

CHAPTER 15

오늘 나는 자신감이 넘쳐

어떤 날에는 스스로 대견스러울 정도로 굉장히 잘 해내고 있는 것 같아. 모든 일이 잘 되어가고 있는 것 같고, 내가 모든 것을 주도적으로 잘 관리하고 있는 기분이 들기도 하지.

드물게 찾아오는 그런 날들을 나는 정말 사랑해. 그렇지만 그 와중에도 자기검열을 하는 경향이 있어. 자신감이 솟아나서 "와, 정말 끝내준다!" 싶으면, 재빨리 이렇게 수정해버리는 것이지. "아, 이 정도면 괜찮지."

와, 정말 끝내준다!

아, 이 정도면 괜찮지.

이렇게 검열하는 사고방식은 긍정적인 에너지를 낭비할 뿐이야. 그래서 이제는 자신감이 높아지는 날이 오면, 그 감정이 최대한 넘쳐흐르도록 노력하고 있어. 자신감이 생긴 김에 일부러 뭔가 도전적인 것을 해보는 식으로 말이지. 내가 나 자신을 근사하다고 느끼고 있으면, 도전은 평소보다 훨씬 간단해진다고!

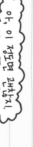

어차피 이길 수 없는 게임...

나 수영복 입으니까 정말 못 봐주겠어!
그렇게 부정적으로 굴지 마.
너부터가 네 자신을 사랑하지 않는데 누가 널 사랑하겠니.
쟤, 괜찮다는 소리를 들으려고 일부러 저런다...
나 수영복 입으니까 정말 괜찮은 거 같아!
와, 자신감 장난 아니네.
저 정도면 공주병
솔직히, 네가 생각하는 것만큼 몸매가 좋진 않아. 아무리 잘 봐줘도 10명 중 5등 정도?

나는 가끔, 칭찬을 받아들이기가 참 힘들어...

내가 나한테 하는 칭찬조차도.

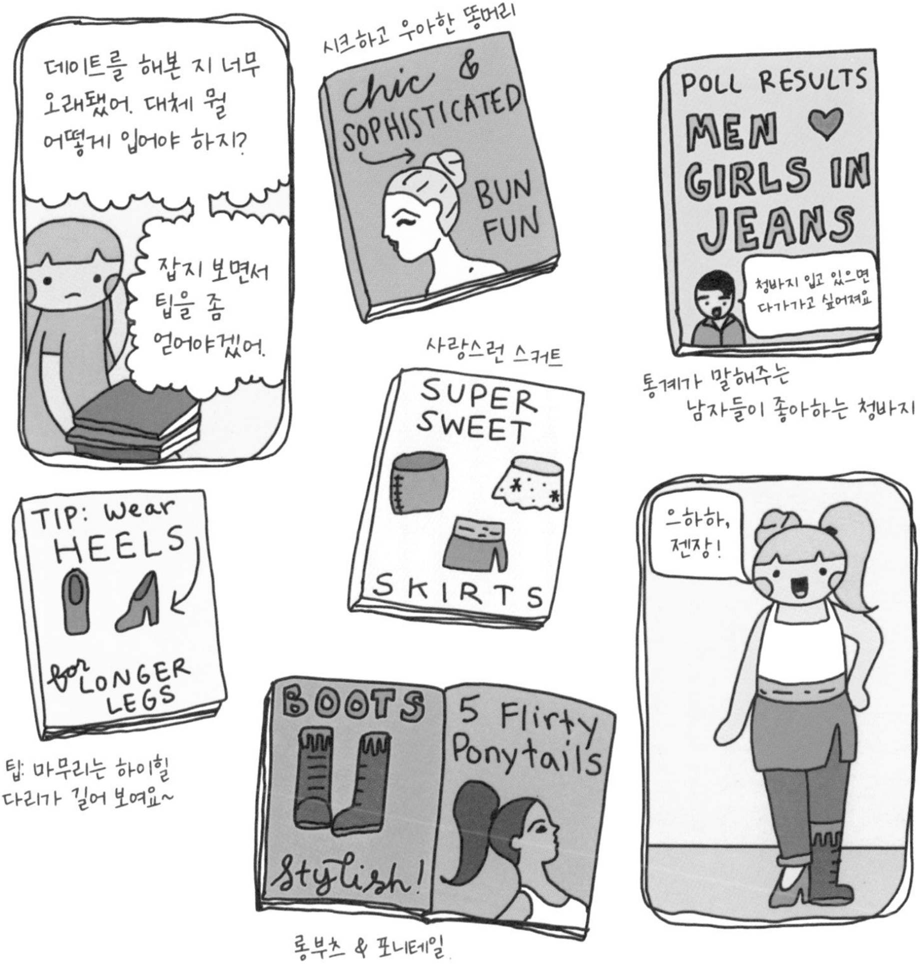
데이트를 해본 지 너무 오래됐어. 대체 뭘 어떻게 입어야 하지?
잡지 보면서 팁을 좀 얻어야겠어.
시크하고 우아한 똥머리
Chic & SOPHISTICATED
BUN FUN
POLL RESULTS
MEN ♥ GIRLS IN JEANS
청바지 입고 있으면 다가가고 싶어져요
통계가 말해주는 남자들이 좋아하는 청바지
사랑스런 스커트
SUPER SWEET SKIRTS
TIP: Wear HEELS for LONGER LEGS
팁: 마무리는 하이힐 다리가 길어 보여요~
BOOTS Stylish!
5 Flirty Ponytails
롱부츠 & 포니테일
으하하, 젠장!

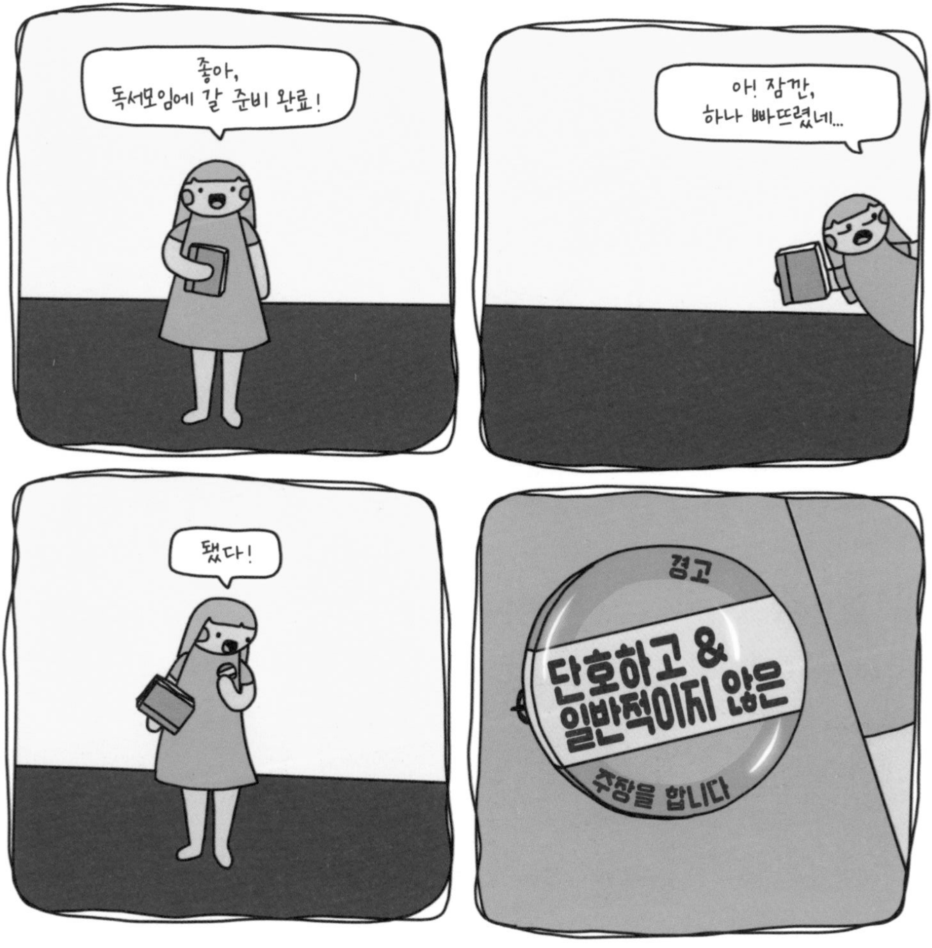
좋아,
독서모임에 갈 준비 완료!
아! 잠깐,
하나 빠뜨렸네...
됐다!
경고
단호하고 &
일반적이지 않은
주장을 합니다

나는 스포츠를 좋아해본
적이 한 번도 없다.
날쌔지도 않고, 몸을 잘 쓰지도
못하고, 센스도 없다.
하지만 올해 들어 나는
롤러스케이트를 시작했다.
새로운 스킬을 익히는 데 오래
걸리지만, 이 과정에서 나는 내
몸을 사랑하는 방법을 배운다.
18
VIXEN
불여우
22
MARZIPAIN
무시무시마지
301
OSHA
싹쓸이
수비 연습을 하다보면 내 스스로
무척 강해진 것처럼 느껴진다.
전형적인 이상형에 맞춰가는 건
내 몸을 가꾸는 방법이 아니라고요!

좋아하는 것을 계속
좋아하는 게 뭐 어때~
코스프레 정말 좋아!
삽화가 가득한 책
피자는 삶의 한 조각
강아지와 있으면 밝아지지
말장난 티셔츠
폭신한 동물 인형
카드 수집
장난감 기차
설령 누군가 너를 비웃을지라도
나는 우표를 모으고 있어.

성공의 기준

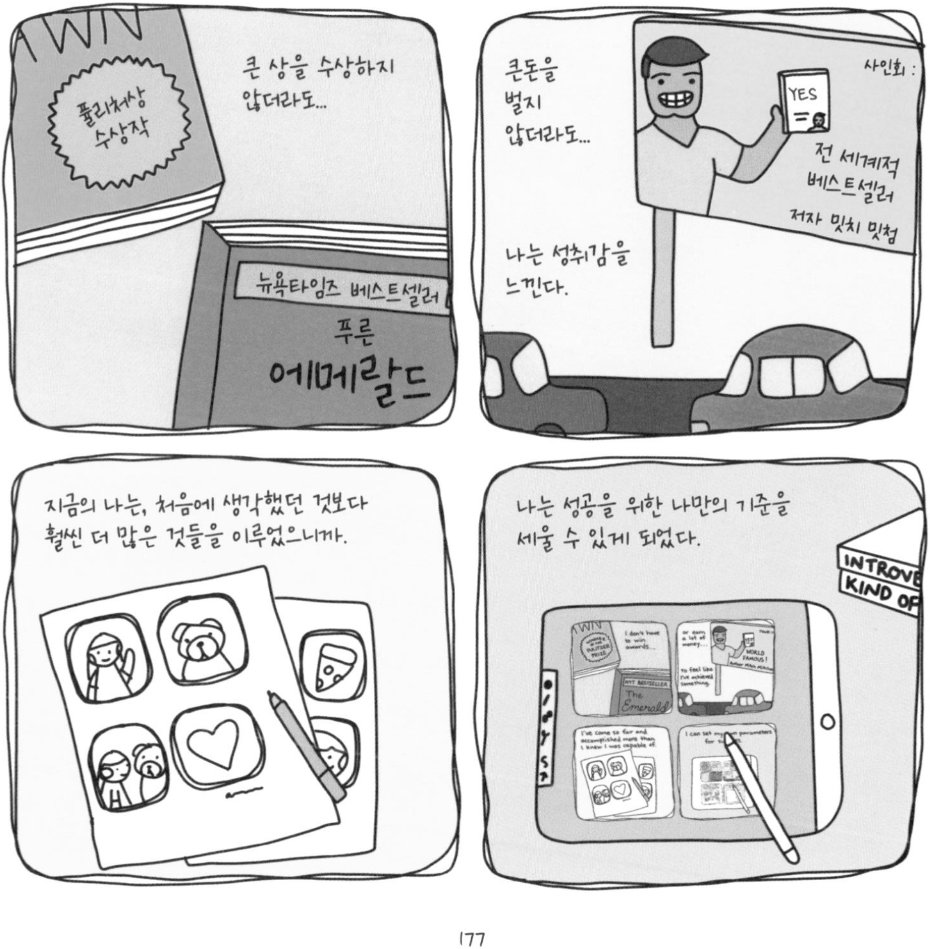
큰 상을 수상하지 않더라도...
퓰리처상 수상작
뉴욕타임즈 베스트셀러
푸른 에메랄드
큰돈을 벌지 않더라도...
사인회 :
YES
전 세계적 베스트셀러 저자 밋치 밋첨
나는 성취감을 느낀다.
지금의 나는, 처음에 생각했던 것보다 훨씬 더 많은 것들을 이루었으니까.
나는 성공을 위한 나만의 기준을 세울 수 있게 되었다.
INTROVE
KIND OF
I don't have to win awards...
or earn a lot of money...
to feel like I've achieved something.
WORLD FAMOUS!
NYT BESTSELLER
The Emerald
I've come so far and accomplished more than I knew I was capable of.

혹시 몰라 알려 드립니다~

아름다움이란 수많은 형태와 크기를 지니고 있다는 것을요.

요즘 나는 변화하려고 노력하는 중이다.
"내가 그렇지 뭐..."에서

"나는 좋은 사람이지만 더 좋은 사람이 될 거야"로.

너는 무리의 일부분이 될 운명으로 태어나지 않았다.
부속품이 아니라 홀로 오롯이 서기 위해서 만들어졌다.
너는 특별하고, 길들여지지 않은, 날것의 아름다움을 지닌 단 하나밖에 없는 유일무이한 존재다.
그러니 어린 유니콘이여, 당당히 고개를 들고 빛을 내도록!

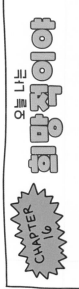

CHAPTER 16

오늘 나는 희망적이야

나는 희망이란 사람이 품을 수 있는 가장 용감한 감정이라고 늘 믿어왔다. 희망은 연약하면서도 귀중한, 마치 폭풍우 가운데 조그맣게 반짝이는 불빛 같은 느낌이잖아.

그러면서도 희망에 대해서 상당히 조심스러웠다. 뭐랄까, 위험한 느낌이라서! 내가 기대감을 한껏 낮추게 된다면, 실망할 일도 없어지는 거니까. 이렇게 생각했던 이유는, 희망을 대하는 나의 태도가 곧 내가 내 스스로를 바라보는 태도와 연결되어 있다는 사실을 깨닫지 못했기 때문이었어. 이런 식의 사고방식을 가지고 있었을 때는 내가 희망을 가질 여지가 별로 없었던 거지.

- 내게는 안 좋은 일들만 계속 생겨.
- 난 피해자야.
- 난 이렇게 과분한 대접을 받을 자격이 없어.

스스로를 사랑하기 위한 시도를 시작하기 전까지, 나에게는 희망이란 없었다. 왜냐하면 희망이란 궁극적으로는 아래와 같은 믿음이기 때문이지.

- 나에게도 반드시 좋은 일들이 생길거야.
- 내가 바꿔봐야지.
- 나는 좀 더 존중받을 가치가 있어.

내가 희망을 두려워하는 이유

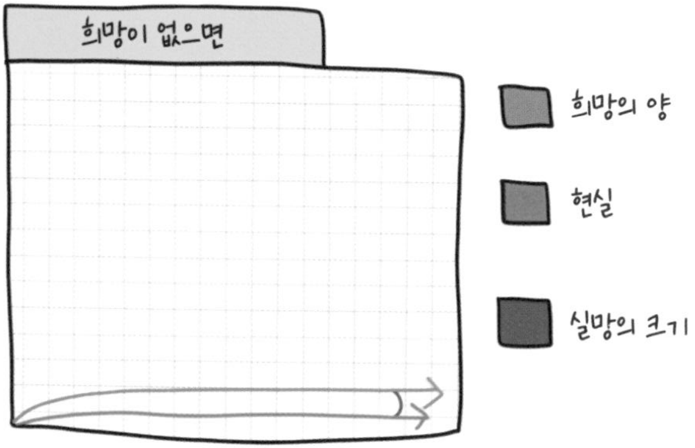

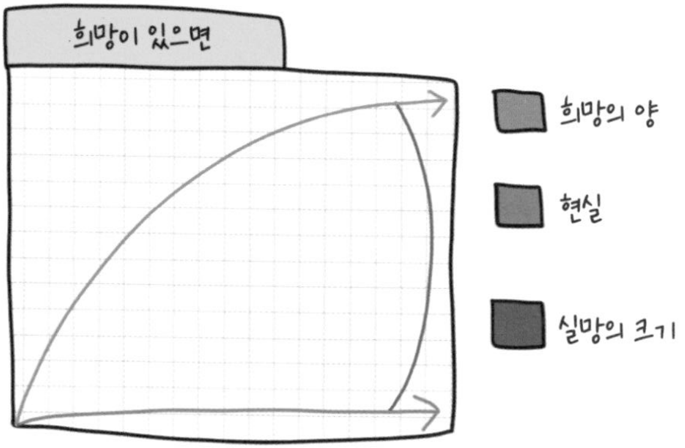

희망이란 감정은 여러 가지 다양한 기분과 동시에 공존할 수 있다는 것을 알게 되었다. 슬프거나 압박감을 느끼거나 혹은 분노하고 있으면서도 나는 여전히 한편으로는 희망을, 이 상황이 좋아지리라는 희망을 간직할 수 있었다. 엉망진창이거나 겁을 먹거나 불안해하면서도 여전히, 마침내 다 좋아지리라는 희망을 품고 있다.
FEELING WOBBLY BUT I'M OKAY
불안하지만 그래도 난 괜찮아

나의 비밀스런 희망들

벨벳 소재의 트레이닝복 세트가 다시 유행했으면 좋겠다!

언젠가 구구단을 12단까지 외우고 싶다.

강아지 사육장이 있는(!) 시니어 공동체를 만들고 싶다.
어르신들과 나이 든 강아지들이 함께
자신들의 황금기를 보낼 수 있게 해주고 싶어서!

젤리빈 공장으로 견학을 가보고 싶다.

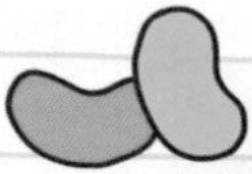

그 애도 나와 같은 감정을 느꼈으면 좋겠다.

정말 무서운 건 사람이야!
치즈 화물차 여러 대 도난!
이 얼마나 치사한 치즈 도둑입니까, 여러분?
거짓말하고, 속이고, 도둑질까지.
범죄자들과 악당들이 너무 많아!
샌드위치 가게 직원이 아보카도와 바나나로 공격당해
미스 켄터키가 약품 밀수로 고소-
장례식에서 유족이 강도 당해
자기만 생각하고 아무도 주위 사람들을 신경 쓰지 않아.
인간의 문명이 추구하는 것은 대체 무엇인가?
포메라니안 강아지를 유괴한 남성
아이스크림 동상이 파괴당하다!
칼을 휘두른 피에로, 긴급 체포
호랑이를 밀수한 혐의를 받는 십대 청소년
인간에게는 더 이상 미래가 없어!
하지만 잠깐!
저기, 한 조각 먹어보지 않을래?
너... 지금... 나에게 나눠주는 거야?
당연하지.
PIZZA
고양이 털을 깎아 준 익명의 의인
옷을 벗어서 법정의 불을 끈 변호사
우리에게는 아직 희망이 있다.

나에게 희망을 주는 것들

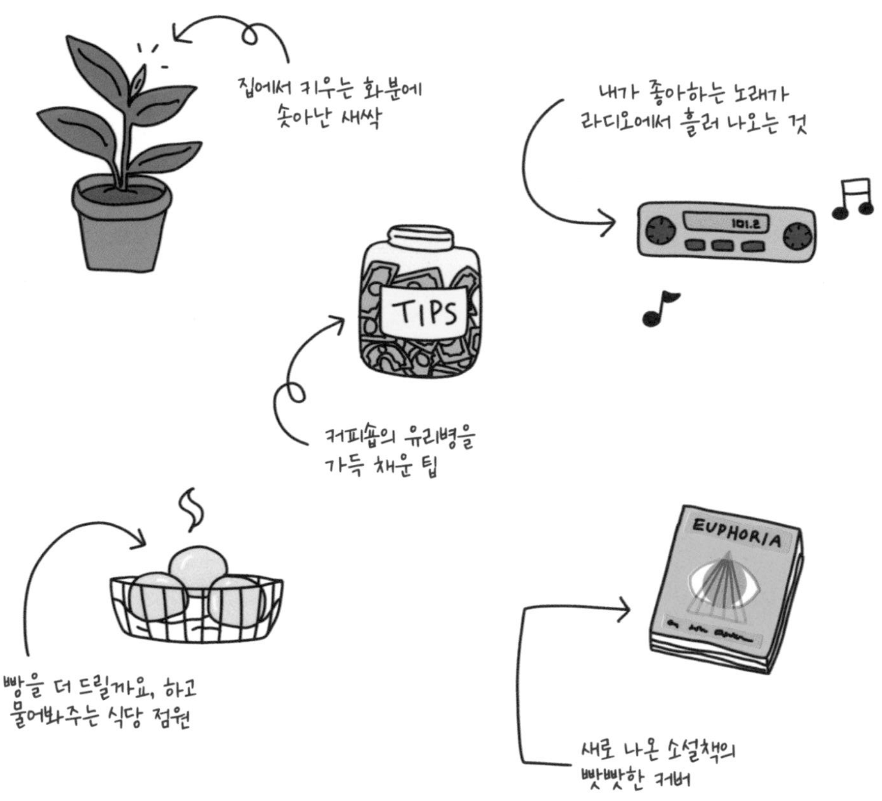

집에서 키우는 화분에
솟아난 새싹
내가 좋아하는 노래가
라디오에서 흘러 나오는 것
101.2
TIPS
커피숍의 유리병을
가득 채운 팁
EUPHORIA
빵을 더 드릴까요, 하고
물어봐주는 식당 점원
새로 나온 소설책의
빳빳한 커버

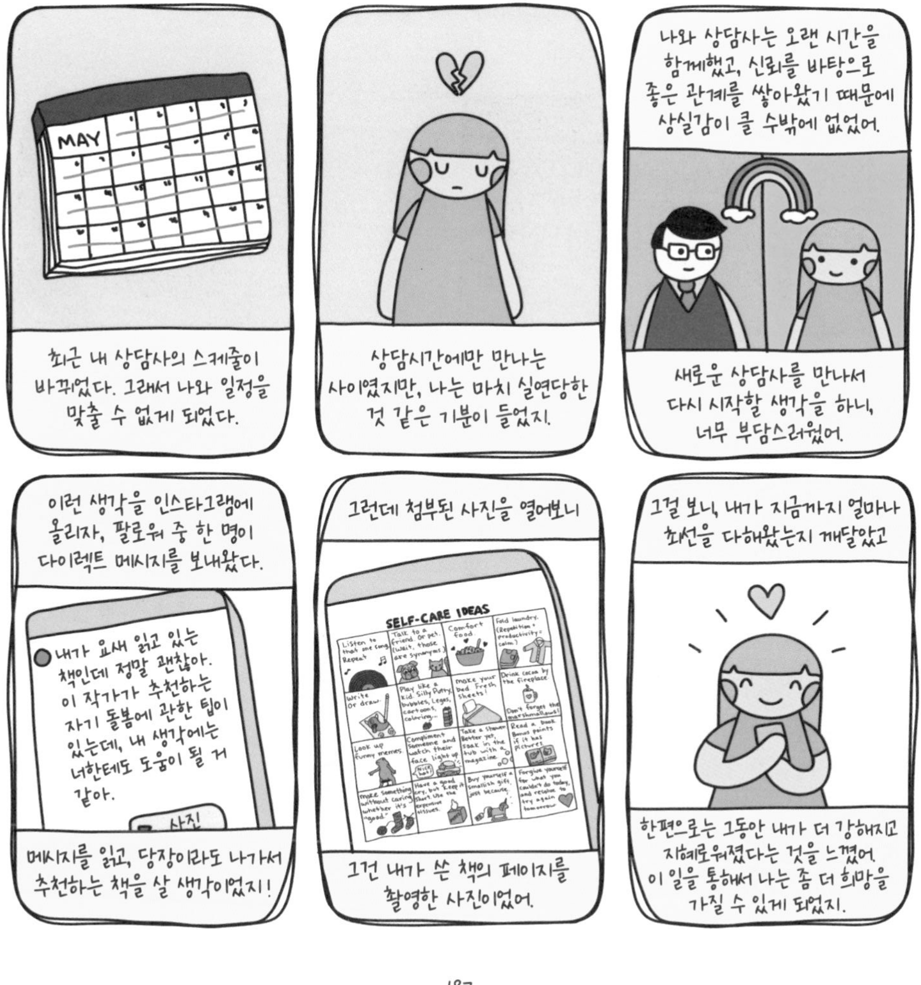
MAY
최근 내 상담사의 스케줄이 바뀌었다. 그래서 나와 일정을 맞출 수 없게 되었다.
상담시간에만 만나는 사이였지만, 나는 마치 실연당한 것 같은 기분이 들었지.
나와 상담사는 오랜 시간을 함께했고, 신뢰를 바탕으로 좋은 관계를 쌓아왔기 때문에 상실감이 클 수밖에 없었어.
새로운 상담사를 만나서 다시 시작할 생각을 하니, 너무 부담스러웠어.
이런 생각을 인스타그램에 올리자, 팔로워 중 한 명이 다이렉트 메시지를 보내왔다.
내가 요새 읽고 있는 책인데 정말 괜찮아. 이 작가가 추천하는 자기 돌봄에 관한 팁이 있는데, 내 생각에는 너한테도 도움이 될 거 같아.
사진
메시지를 읽고, 당장이라도 나가서 추천하는 책을 살 생각이었지!
그런데 첨부된 사진을 열어보니
SELF-CARE IDEAS
그건 내가 쓴 책의 페이지를 촬영한 사진이었어.
그걸 보니, 내가 지금까지 얼마나 최선을 다해왔는지 깨달았고
한편으로는 그동안 내가 더 강해지고 지혜로워졌다는 것을 느꼈어. 이 일을 통해서 나는 좀 더 희망을 가질 수 있게 되었지.

내가 희망하던 결과가 나오지 않았을 때

(그렇더라도 최악은 아니지)

희망을 구성하는 요소

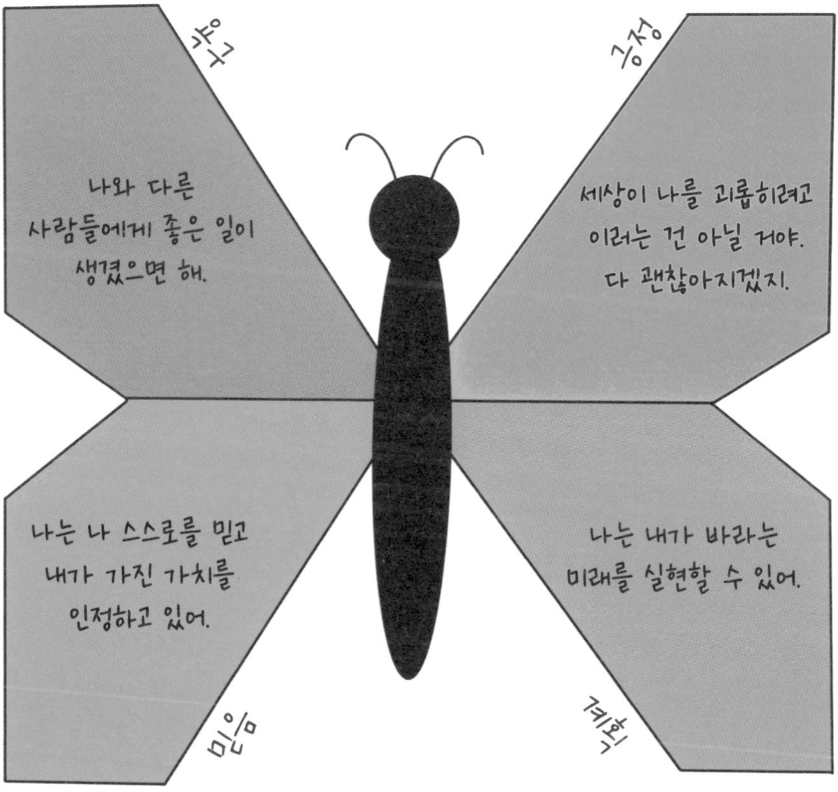

욕구
나와 다른
사람들에게 좋은 일이
생겼으면 해.
긍정
세상이 나를 괴롭히려고
이러는 건 아닐 거야.
다 괜찮아지겠지.
나는 나 스스로를 믿고
내가 가진 가치를
인정하고 있어.
믿음
나는 내가 바라는
미래를 실현할 수 있어.
계획

실제로 이루어진 나의 희망사항들

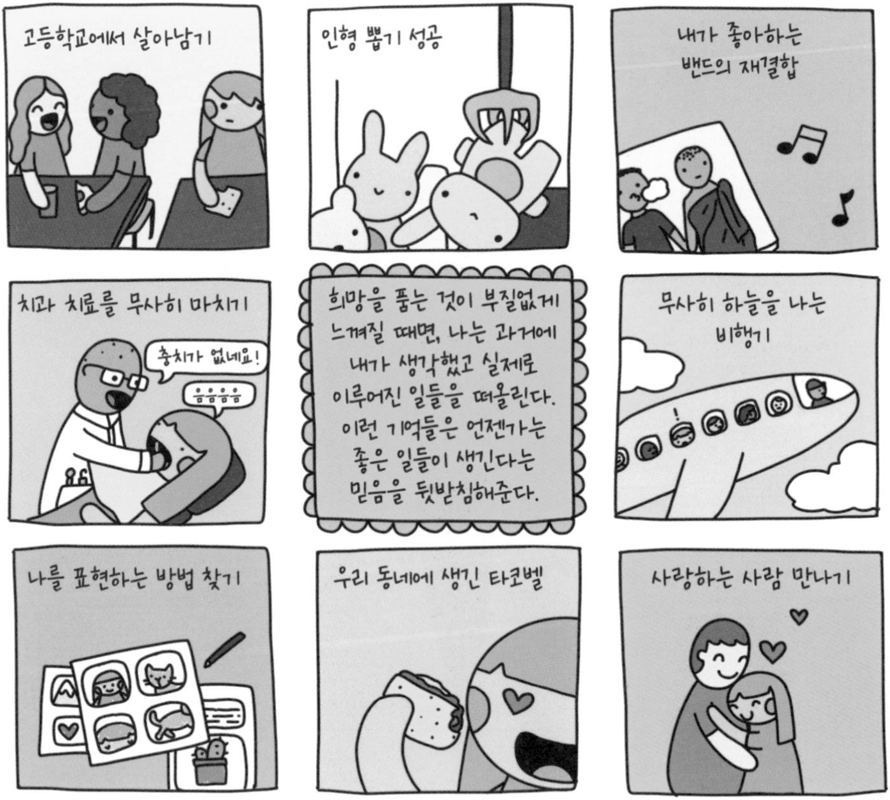

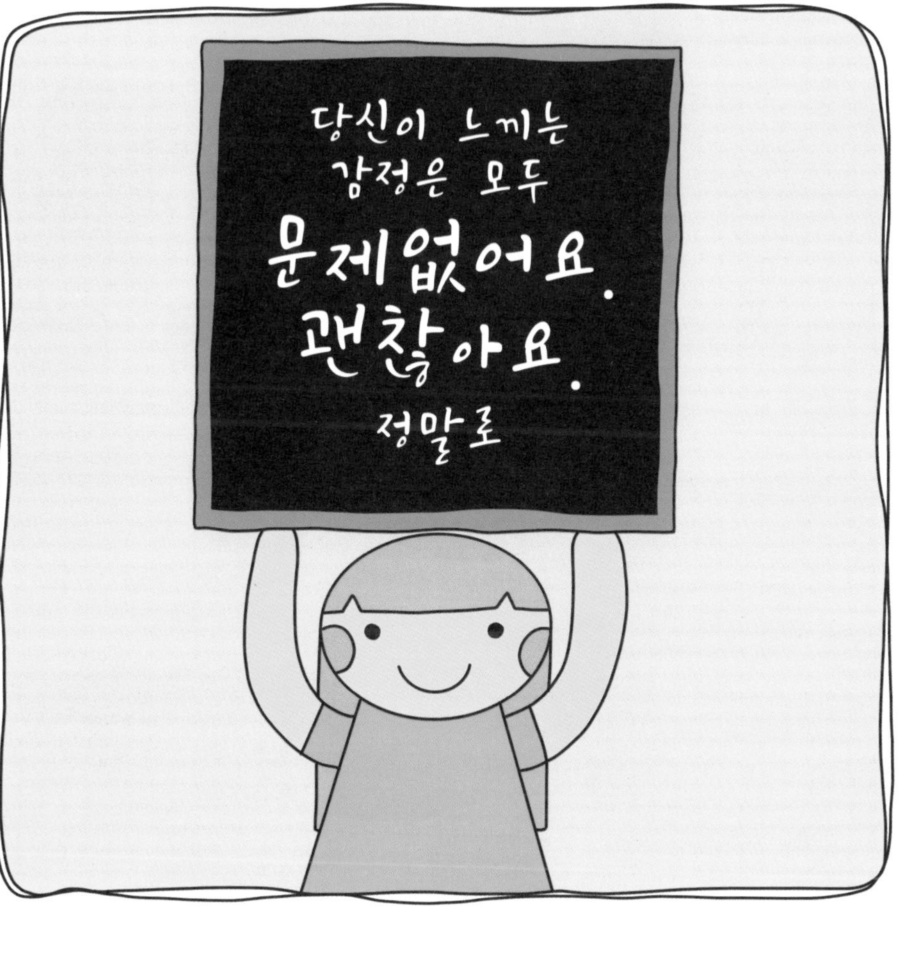
당신이 느끼는
감정은 모두
문제없어요.
괜찮아요.
정말로

작가에 대하여

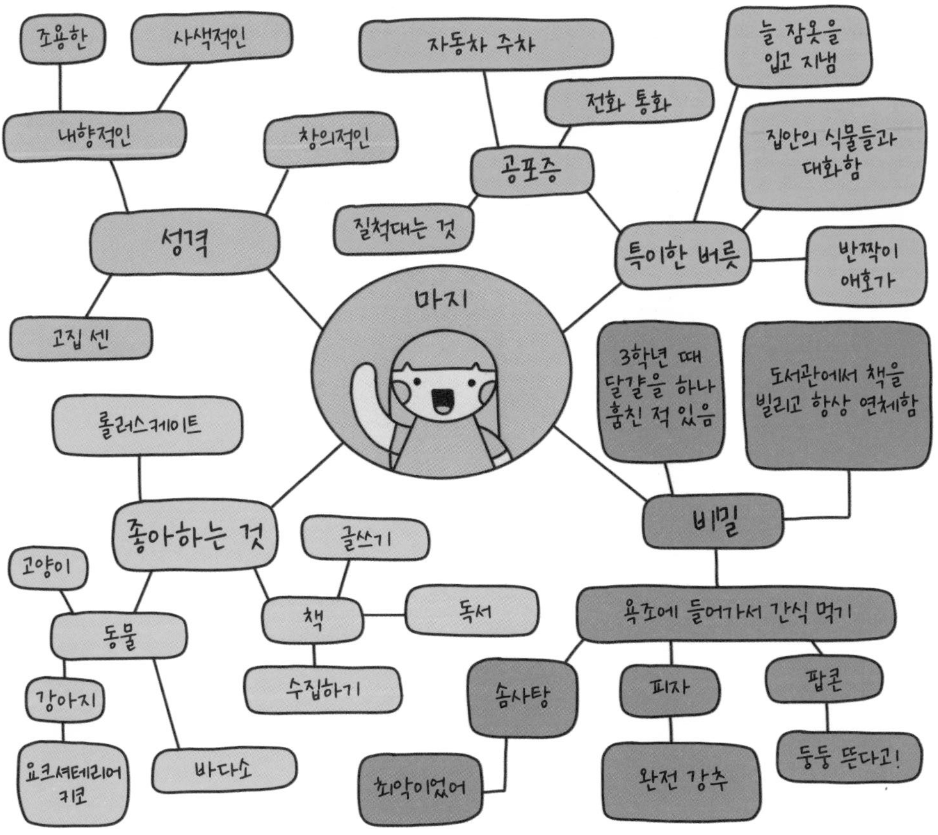

마지
성격
내향적인
조용한
사색적인
창의적인
고집 센
공포증
자동차 주차
전화 통화
질척대는 것
특이한 버릇
늘 잠옷을 입고 지냄
집안의 식물들과 대화함
반짝이 애호가
비밀
3학년 때 달걀을 하나 훔친 적 있음
도서관에서 책을 빌리고 항상 연체함
욕조에 들어가서 간식 먹기
솜사탕
최악이었어
피자
완전 강추
팝콘
둥둥 뜬다고!
좋아하는 것
롤러스케이트
동물
고양이
강아지
요크셔테리어 키코
바다소
책
글쓰기
독서
수집하기